Peter Dubina

# FORT CARRINGTON IN GEFAHR

## HISTORISCHE WESTERN-REIHE „DAS GESETZ DES WESTENS"

## EK-2 MILITÄR

# Ihre Zufriedenheit ist unser Ziel!

Liebe Leser, liebe Leserinnen,

zunächst möchten wir uns herzlich bei Ihnen dafür bedanken, dass Sie dieses Buch erworben haben. Wir sind ein kleines Familienunternehmen aus Duisburg und freuen uns riesig über jeden einzelnen Verkauf!

Mit unserem Label *EK-2 Militär* möchten wir militärische und militärgeschichtliche, sowie historische Themen sichtbarer machen und Leserinnen und Leser begeistern.

Vor allem aber möchten wir, dass jedes unserer Bücher **Ihnen ein einzigartiges und erfreuliches Leseerlebnis** bietet. Daher liegt uns Ihre Meinung ganz besonders am Herzen!

Wir freuen uns über Ihr Feedback zu unserem Buch. Haben Sie Anmerkungen? Kritik? Bitte lassen Sie es uns wissen. Ihre Rückmeldung ist wertvoll für uns, damit wir in Zukunft noch bessere Bücher für Sie machen können.

Schreiben Sie uns: info@ek2-publishing.com

Nun wünschen wir Ihnen ein angenehmes Leseerlebnis!

*Ihr Team von EK-2 Publishing*

# Fort Carrington in Gefahr

von Peter Dubina

Eine Kavalleriepatrouille ritt mit klirrenden Säbelscheiden am Fuß des Hügels entlang, der sich in eine enge Windung des sonnenschimmernden Flusses schmiegte. Die Flanken der Pferde waren noch nass und dunkel vom Wasser der Furt. Staubbedeckt und müde hockten die Soldaten in ihren Sätteln.

Doch als sie nach rechts auf das riesige Indianerlager zu schwenkten, das sich zwischen ihnen und dem Fort ausbreitete, richteten sich die erschöpften Männer in den Steigbügeln auf. Ihre Hände tasteten mechanisch nach den Karabinern, die in Lederschlingen an den Sattelhörnern hingen. Der Sergeant, der die Patrouille führte, öffnete das Revolverhalfter und ließ seine Rechte auf dem Kolben des Dragonercolts ruhen.

Die beiden Reiter, die auf der Hügelkuppe hielten, beobachteten die Soldaten genau. Portugee Philips, der schwarzbärtige Pelzhändler, schlang die Zügelleinen seiner schwerbeladenen Maultiere um das Sattelhorn, schob seine Waschbärenmütze aus der Stirn und kratzte sich den Bart.

„Kein Wunder, dass die Soldaten unruhig sind, Bud", sagte er zu dem Jungen, der sein Pferd neben ihm hielt. „Dort unten sind wenigstens zweitausend Krieger versammelt. Wenn ich den Rauch so vieler Siouxzelte sehe, fängt stets mein Skalp zu jucken an."

Bud blickte stumm auf das Gewirr der Tipis hinunter, das sich am Ufer des Laramie River entlang zog.

Ja, Portugee Philips hatte recht: das war das größte Indianerlager, das er je gesehen hatte.

Der Sommer des Jahres 1866 war hereingebrochen, und die Sioux waren zusammen mit ihren Verbündeten, den Cheyenne und Arapahoes, nach Fort Laramie gekommen, um über einen neuen Friedensvertrag zu beraten.

Überall brannten Lagerfeuer, und dünne Rauchsäulen stiegen in den klaren, blauen Himmel. Zwischen den Büffelhautzelten war ein Gewirr von Kriegern, Squaws und ganzen Herden von Pferden zu sehen. Kinder schrien, und magere Indianerhunde stoben kläffend den beiden Reitern entgegen, die nun mit ihren Lastmulis die Hügelflanke herabritten.

Bud fühlte sich recht seltsam, als er neben dem Pelzhändler durch die Gassen des Zeltlagers ritt. Er hatte so lange unter den Sioux gelebt, dass ihm ihr Lager vertrauter war als die „Soldatenstadt", wie die Prärieindianer Fort Laramie nannten.

Der eigenartige, scharfe Geruch, der allen Büffelhauttipis eigen ist, wurde vom Sommerwind über die Ebene getragen.

Plötzlich erscholl der helle Schrei einer Squaw, die neben einem der Zelte auf der nackten Erde kniete und eine Bisonhaut mit einem Knochenschaber bearbeitete. Für einen Augenblick schien jedes Geräusch in dem riesigen Lager zu ersterben, doch dann brach ein Aufruhr los. Überall griffen Siouxkrieger nach ihren Waffen und liefen zu den Pferden.

Portugee Philips zog seinen fuchsroten Hengst herum,
und Bud folgte seinem Beispiel. Jenseits der letzten Tipis, wo das Land meilenweit unter einem Teppich blühender Prärieastern lag, war auf einem flachen Hügelrücken eine Reiterkavalkade aufgetaucht. Der Widerschein der erbarmungslos herabbrennenden Sonne flammte auf den Gewehrläufen.

Portugee Philips richtete sich in den Steigbügeln auf und beschattete die Augen mit der Hand. „Hoho!" murmelte er überrascht. „Das sieht ja aus, als wollten Jim Bridger und seine Shoshonen-Freunde mitten in das Lager ihrer Todfeinde reiten."

Etwa fünfundzwanzig Reiter, die eine lange Reihe von Packpferden mit sich führten, kamen den Hügelhang herab. Die meisten von ihnen waren Indianer, doch einer der beiden Männer, die an der Spitze der Kavalkade ritten, war ein Weißer mit flammendrotem Bart.

„Bei Gott, es ist der alte Jim Bridger", nickte Portugee Philips, als sich die Reiter näherten. „Und der Shoshone an seiner Seite ist Häuptling Washakie."

Bud wandte sich hastig im Sattel um, als hämmernder Hufschlag die Erde erzittern ließ. Die ersten Sioux hatten sich auf ihre Pferde geworfen und jagten zwischen den Tipis hervor.

Der Sommerwind bewegte die schneeweißen Adlerfedern in den Haaren der Reiter. Einige der Krieger trugen Fellhauben, aus denen krumme Büffelhörner ragten. Die Sonne leuchtete auf bemalten, federbehangenen Schilden, Lanzenspitzen und Gewehrläufen.

Bud kannte so manchen dieser wilden Reiter. Es waren Hunkpapas, Krieger des wildesten und gefürchtetsten aller sieben Stämme der Siouxnation, und er hatte mit seinem Vater lange unter ihnen gelebt. Im Nu hatten sie zwischen ihrem Lager und den Shoshonen einen undurchdringlichen Riegel gebildet, denn seit undenklichen Zeiten herrschte eine erbitterte Feindschaft zwischen diesen beiden Stämmen. Die Sioux sahen in den Shoshonen, die niemals gegen die Weißen gekämpft hatten, Verräter.

Doch dann, noch bevor Washakies Krieger ihre Pferde zügeln konnten, trieb ein einzelner Sioux sein bemaltes Pony vorwärts.

Bud sah, wie er den kurzen Kriegsbogen über den Kopf hob, und hörte, wie er mit schriller Stimme den auf schnaubenden Reittieren haltenden Stammesgenossen etwas zurief.

Er zog einen Pfeil aus dem Rehlederköcher, legte ihn auf die Sehne und stieß seinem Pferd die stumpfen Mokassinfersen in die Weichen. Aus dem Stand heraus sprang das Tier in Galopp, und wie das Heulen eines Steppenwolfes stieg der Kriegsschrei des Sioux zum Himmel.

Die Shoshonen, die hinter Jim Bridger und Washakie hielten, wurden unruhig. Einige hoben ihre Gewehre und versuchten ihre Pferde voranzutreiben, doch eine kurze Handbewegung Washakies genügte, sie zurückzuhalten. Der Häuptling hob mit der Rechten seine Winchester in Schulterhöhe und lud sie durch.

Dann stieß er seinem Pinto die Fersen in die Weichen
und ritt ganz allein, im Angesicht von Hunderten feindlicher Sioux, den Karabiner im Anschlag, dem tobenden Krieger entgegen.

„Wenn Washakie den Sioux vom Pferd schießt, kommt es zu einem Blutbad, und es ist vorbei mit den Friedensgesprächen", stieß Portugee Philips hervor, und seine Stimme klang zornig. „Und nicht nur mit den Friedensgesprächen, sondern auch mit unserem Pelzhandel. Dieser junge Narr von einem Sioux möchte sich eine Adlerfeder verdienen, indem er Washakie im Zweikampf tötet. Hier, Junge, nimm die Zügel!"

Er warf Bud die langen Zügelleinen der Maultiere zu und trieb sein Pferd vorwärts.

Bevor Bud den Mund auftun konnte, jagte der Pelzhändler bereits auf den Sioux zu. Die beiden Pferde näherten sich einander rasend schnell, doch der Indianer sah Portugee Philips überhaupt nicht; er hatte nur Augen für seinen Gegner.

Er war nur noch zwanzig Schritte von Washakie entfernt, den kurzen Kriegsbogen gespannt, bereit, den Pfeil von der Sehne schnellen zu lassen, als ihn der Pelzhändler erreichte.

Die breite Brust seines Braunen rammte das Siouxpony in der Flanke und warf es fast von den Beinen. Wiehernd bäumte sich das Tier auf.

Der Pfeil verfehlte Washakie und blieb mit zitterndem Schaft in der Erde stecken. Portugee Philips aber schnellte sich aus dem Sattel, umschlang den Sioux mit beiden Armen und riss ihn vom Pferd.

Beide Männer stürzten, eine Staubwolke aufwirbelnd, auf die harte Erde und rollten sich zur Seite, um den stampfenden Hufen ihrer Pferde zu entgehen.

Der Krieger befreite sich aus dem Griff des Pelzhändlers, richtete sich auf den Knien auf, und seine Hand fuhr zum Messer.

Portugee Philips hielt ihm rasch, zum Zeichen, dass er nicht mit ihm kämpfen wollte, die offenen Handflächen entgegen. Das bedeutete in der Zeichensprache der Prärieindianer: Friede! Gleichzeitig rief er einige Worte im gutturalen Dialekt der Sioux.

Bud verstand nicht, was er sagte. Es musste aber ein Scherz gewesen sein, denn die Sioux brachen in Lachen aus, und der junge Krieger, der den Pelzhändler hasserfüllt anstarrte, stieß sein Messer in die Scheide zurück.

Ein Siouxhäuptling reckte sich in den Steigbügeln empor, und auf seine Handbewegung hin öffnete sich in tiefem, drohendem Schweigen eine Gasse in der Menge der Reiter. Jim Bridger und seine Shoshonen ritten mitten durch das Lager ihrer Todfeinde auf Fort Laramie zu.

# FORT LARAMIE

Rund um das Fort herrschte geschäftiges Leben und Treiben, als die Reiter im Schatten der hohen Palisaden aus den Sätteln stiegen. Portugee Philips hatte das Warenlager, das er für seinen Pelzhandel mit den Sioux brauchte, außerhalb der Wälle des Forts errichten müssen, weil kein Indianer den Armeeposten betreten durfte. Doch durch das offene Tor sah man lange Reihen von Offiziersquartieren, Mannschaftsunterkünften und Pferdeställen, die Schmiede, das Pulvermagazin und die Kompanieküchen. Der weitläufige Paradeplatz lag in sengender Sonne. Schlaff hing die Fahne der Vereinigten Staaten am Mast, neben dem eine schwere Zwölfpfünderkanone stand. Fort Laramie war einer der stärksten Armeeposten in den großen Ebenen zwischen Texas im Süden und den schneebedeckten Bergen von Montana im Norden.

Ein Offizier in tadelloser Uniform, um dessen Schultern lose ein blauer Armeemantel mit gelbem Futter hing, tauchte aus dem Schatten des Torbogens auf. Er war ein großer Mann mit rötlichblondem Haar und einem scharfgestutzten, blonden Schnurrbart, einem hellen, fast bleichen Gesicht und scharfen, kalten, blauen Augen.

Bud kannte Captain Fetterman, und obwohl er den Offizier nur selten zu Gesicht bekam, mochte er ihn nicht. Captain Fetterman war ein harter, arroganter Mensch, der mit Verachtung auf die Indianer herabblickte und aus dieser Verachtung kein Hehl machte.

„Jim", sagte Portugee Philips zu Bridger, „das ist Captain Fetterman, der in Abwesenheit von Colonel Carrington das Kommando über Fort Laramie hat. Captain, dies ist Jim Bridger. Er ist mit einigen Shoshonen hierhergekommen, um Felle zu verkaufen."

„Ich habe Augen und kann selbst sehen, mit wem ich es zu tun habe", entgegnete Fetterman mit zornigem Spott in der Stimme. „Ihre Ankunft, Bridger, hätte fast zu Unruhen geführt, die in einem Blutvergießen hätten enden können.

Konnten Sie nicht warten, bis die Friedensgespräche beendet gewesen und die feindlichen Stämme in ihre Gebiete zurückgekehrt wären?"

Jim Bridger legte einen Arm um seinen Sattelknauf und sah dem Offizier ruhig in die blassblauen, stechenden Augen. Er war reichlich ebenso groß wie Fetterman, hatte breite Schultern, einen Nacken wie ein Büffelstier und ein überlegenes Lächeln.

„Wir kommen aus den Bergen und wussten nichts von der Anwesenheit der Sioux und der mit ihnen verbündeten Stämme. Aber lassen Sie ihren Zorn nicht an Portugee aus. Er hat den Sioux dort draußen vor der Hölle gerettet. Mein Häuptling hätte ihn schnell vom Pferd geschossen."

Dabei deutete er mit einer Kopfbewegung auf Washakie, der noch immer auf seinem Pinto saß.

Bud hatte lange unter den Prärieindianern gelebt und kannte sie gut, aber noch nie hatte er einen stolzeren Mann gesehen als diesen Shoshonen. Er trug fransenbesetzte, lederne Leggins und Mokassins und ein dunkles Wollhemd. Um seinen Hals und an seinen Handgelenken klirrte Silberschmuck. Sein Gesicht war breitflächig, hatte stark vorstehende Backenknochen, eine Nase, die wie ein Falkenschnabel gekrümmt war, und dunkle, stolze Augen. Nach Shoshonenart trug er nur eine einzige Adlerfeder, die von links nach rechts an seinem Hinterkopf befestigt war. Die dicken, geflochtenen Haarzöpfe, die auf seiner Brust lagen, waren mit Otterfell und roten Bändern umhüllt.

„Wir haben schon genug Indianer hier", erwiderte Fetterman aufbrausend. „Es war dumm von Ihnen, hierherzukommen und die Sioux herauszufordern."

„Wie sehr werden sie sich erst herausgefordert fühlen, wenn Colonel Carrington mit seinen Regimentern hier eintrifft", murmelte Jim Bridger. „Gestern Nacht lagerte Carrington mit tausend Mann kaum zwanzig Meilen von hier."

„Das sind mehr Soldaten, als wir brauchen, um die ganze Siouxnation in Schach zu halten."

„Glauben Sie, Sir?" Bridger nahm seine Waschbärenmütze ab und fuhr sich mit den Fingern durch das kupferrote Haar. „Die Häuptlinge, die zu Friedensgesprächen nach Fort Laramie gekommen sind - Tolles Pferd, Rote Wolke, Kriegsadler und Weißer Büffel -, sind die gleichen, die General Connor im vergangenen Sommer die Hölle heiß gemacht haben. Und Connor hatte dreitausend Mann."

„Die Verhandlungen beginnen in einer Stunde", unterbrach ihn Fetterman. „Wir werden den Sioux sagen, was sie zu tun haben, und sie werden unsere Bedingungen annehmen müssen."

„Zwischen Kansas und Montana gibt es zehntausend Sioux, Cheyenne und Arapahoes, Captain. Und die Mehrzahl von ihnen wird sich freuen, wenn wir ihnen einen Kriegsgrund liefern."

Captain Fettermans Gesicht lief rot an, und seine Mundwinkel begannen unbeherrscht zu zucken. Rasch warf Portugee Philips Bud die Zügel der Pferde und Maultiere zu.

„Bring sie in den Stall!" raunte er. „Lass die Packen mit den Fellen dort liegen. Wir werden sie später unter Dach und Fach bringen."

Bud zögerte einen Moment, doch dann ergriff er die Zügel und führte die Tiere in den Stall, der aus einigen Brettern und Zeltplanen bestand und neben Portugee Philips' Handelsstation errichtet war. Schnell rieb er die Tiere ab, fütterte und tränkte sie und ging dann ins Fort zur Schmiede hinüber. Er wollte sich die Hände in einem Eimer Wasser waschen, der dort, wie er wusste, stets vor der Türe stand.

„Hallo, wer kommt denn da?" rief der Mann, der neben dem Amboss stand. Sein Hammer ließ Funken von einem rotglühenden Hufeisen stieben, das er gerade formte.

Corporal Ezra Miller war ein alter, weißhaariger, aber noch recht kräftiger Mann. Jetzt stand er schwitzend, mit umgebundener Lederschürze, am Amboss, das Holzbein, das unter seinem linken Knie begann, fest gegen die Erde gestützt, ein Zwinkern in den blauen Augen.

„Na, warst du wieder auf Wolfsjagd?" fragte der Corporal und schlug auf das Eisen ein. Bud schüttelte den Kopf und setzte sich auf einen umgestülpten Holzeimer.

„Die Sioux streifen auf der Jagd meilenweit umher und vertreiben das Wild und mit ihm die Wölfe", erwiderte er. „Die Wolfsrudel haben sich in die Berge zurückgezogen, doch der erste Schnee wird sie wieder in die Prärie heruntertreiben."

„Du jagst also diesen weißen Wolf noch immer?" Millers Stimme klang nachdenklich und besorgt. Er schob das Hufeisen mit einer langen Zange tief in die Glut. „Bist du sicher, dass es diesen weißen Wolf überhaupt gibt?"

„Ich weiß, dass es ihn gibt", sagte Bud schlicht, „denn ich habe ihn gesehen."

Miller knurrte etwas vor sich hin und wiegte bedenklich den ergrauten Kopf.

„Du hast doch Jim Bridger gesehen", sagte er dann, um abzulenken. „Was hat er erzählt?"

Bud berichtete ausführlich, was sich im Lager der Sioux zugetragen und was Bridger erzählt hatte. Der alte Mann hörte schweigend zu, während er das Feuer schürte.

„Ist die Gefahr wirklich so groß, wie Jim Bridger sagt?" fragte Bud schließlich.

Miller zog das Eisen aus der Glut und spuckte darauf; es zischte laut. Der Alte nickte befriedigt und legte das Hufeisen wieder auf den Amboss.

„Männer wie Jim Bridger und Portugee Philips verstehen etwas von den Indianern, mein Junge. Auch dein Vater gehörte zu diesen Männern. Sie wissen, wie gefährlich es ist, die Sioux zu reizen. Ich wollte, unser Captain, der mutig, draufgängerisch und dumm wie ein Stier ist, wüsste das auch. Jeden Tag erzählt er, dass er mit fünfzig Kavalleristen durch das ganze Volk der Sioux reiten würde. Aber an dem Tag, an dem er mit fünfzig Mann die Sioux angreift, werden wir ihn zum letzten Mal gesehen haben, denn am gleichen Abend wird sein Skalp an der Räucherstange im Zelt eines Sioux oder Cheyenne hängen.

„Lass das nur nicht unseren Captain hören", unterbrach ihn eine Stimme, und eine Gestalt in blauer Kavallerieuniform betrat die Schmiede.

„Hallo, Jonas!" rief Miller und winkte mit dem Hammer. Jonas Gilpin, der Regimentstrompeter, blieb neben Bud stehen und streichelte den kleinen Hund, den er auf dem Arm trug.

„Wenn man dich reden hört, Ezra, könnte man glauben, dass die Armee nur aus Hohlköpfen besteht", sagte er und zwinkerte Bud zu. „Unser Alter glaubt, wenn Bridger oder Ed Geary etwas sagen, ist es so sicher wie das Evangelium."

„Wir werden ja sehen, wer recht behält", murmelte Miller und versetzte dem Hufeisen ein paar ärgerliche Schläge, bevor er es in den Wassereimer tauchte.

„Bis zum Winter wird es eine ganze Kette von Forts zwischen Laramie und den Goldfeldern von Montana geben", lachte Gilpin in seiner unbekümmerten, jungenhaften Art. „Den Sioux wird nichts anderes übrigbleiben, als sich ruhig zu verhalten."

„Du wirst noch an meine Worte denken", sagte der alte Mann düster. „Die Sioux werden jedes Fort, das Carrington nördlich von Laramie errichtet, niederbrennen. Daran werden auch die Friedensgespräche nichts ändern."

„Woher willst du das wissen?" fragte Gilpin und kraulte sein Hündchen hinter den Ohren.

Ezra Miller bückte sich und schlug mit dem Schmiedehammer gegen sein Holzbein.

„Ich habe mein linkes Bein im Rebellionskrieg in der Schlacht von Gettysburg verloren. Jedes Mal, wenn es Schwierigkeiten gibt, fängt es an zu jucken. Ja, lach nur, du junger Specht. Du wirst schon sehen, dass ich recht behalten werde."

Das Lager, das Portugee Philips eingerichtet hatte, war bis zur Decke mit allen möglichen Handelsgütern vollgestopft.

Da gab es nichts, was man nicht gegen Felle hätte eintauschen können. Wolldecken, Hemden, eiserne Kessel, Messer, Beile, Wasserflaschen, Nahrungsmittel wie Mais, Mehl, Korn, Speck, Kaffee, Tee, Zucker, Salz, Dörraprikosen, bunte Stoffe, Nadeln, Gewehre jeden Kalibers, Patronen, Sättel, Zaumzeug und vieles andere. Über allem aber hing an einer Wand eine Kuckucksuhr, die die Shoshonen, die mit Jim Bridger und Washakie gekommen waren, gefangen nahm. Portugee Philips musste wohl zwanzigmal den Zeiger um das Zifferblatt drehen, und jedes Mal, wenn der Kuckuck aus seinem Türchen auftauchte und schrie, brachen die Shoshonen zuerst in ehrfürchtiges Gemurmel, dann in lautes Lachen und schließlich in Begeisterungsschreie aus.

„Es sieht so aus, als könntest du heute deine Kuckucksuhr für einen Packen Biberfelle verkaufen, Portugee", sagte Jim Bridger, der mit Washakie die Gewehre untersuchte, die in einem Ständer an der Wand aufgereiht waren. „Hast du gute Geschäfte mit den Sioux gemacht?"

„Ja, und ich habe vor, mit Colonel Carrington nach Norden zu reiten, um mit den nördlichen Stämmen Handel zu treiben. Dort oben gibt es doch nur einige frankokanadische Pelzhändler."

„Wäre ich an deiner Stelle, würde ich zu den Shoshonen gehen, mein alter Freund", erwiderte Jim Bridger ruhig. „Denn wenn Carrington sich mit seinen tausend Mann Fort Laramie bis auf eine Meile genähert hat, werden die Sioux so rebellisch werden wie ein aufgestörter Hornissenschwarm. Carrington soll neue Forts zum Schutz des Bozeman-Weges errichten. Aber dieses Gebiet wurde im Vertrag von Laramie aus dem Jahre 1851 den Sioux zugesichert. Sie werden es mit Recht als einen Vertragsbruch auffassen, wenn die Armee in das Pulverflussgebiet und die Paha Sapa, die heiligen Schwarzen Hügel, eindringt."

Er stellte das schwere Büffelgewehr, das er in der Hand gehalten hatte, in den Ständer zurück.

„Übrigens, wer ist der Junge, der bei dir war, als wir uns vor dem Fort trafen?"

„Bud?" Portugee Philips rieb sich die Nase, und sein Gesicht nahm einen bekümmerten Ausdruck an. „Eigentlich heißt er Bud Cade. Er ist der Sohn meines Partners Jim Cade, der im vergangenen Winter während einer Jagd von einem weißen Wolf getötet wurde."

„Wieder eine Geschichte von diesem weißen Geisterwolf", versetzte Bridger mit einem Achselzucken und einem spöttischen Lächeln.

„Der Junge schwört, dass es ihn gibt." Der Pelzhändler kraulte sich den Bart. „Ein riesiger Wolf mit schneeweißem Fell, der an der linken Vorderpfote ein wenig lahmt. Ein Einzelgänger ohne Rudel."

„Du wolltest mehr von dem Jungen erzählen", erinnerte ihn Bridger und nahm ein anderes Gewehr zur Hand.

„Bud hat Indianerblut in den Adern. Seine Mutter war eine Tochter des Siouxhäuptlings Weißer Büffel. Sie starb vor vielen Jahren, als eine Pockenepidemie den Stamm heimsuchte. Jim Cade und der Junge blieben bei den Hunkapapa-Sioux, bis Jim im letzten Winter diesem Wolf zum Opfer fiel. Da nahm ich den Jungen zu mir, denn ich habe ihn gern. Aber er ist scheu wie ein Biber und schließt sich an niemanden an. Außer mir und dem alten Ezra Miller hat er keine Freunde im Fort, und Fetterman traut ihm nicht, weil er ein halber Sioux ist. Die Indianer jedoch betrachten ihn als einen der ihren, so dass er von ihnen nichts zu befürchten hat. Oft streift er wochenlang in den Wäldern und Bergen herum, immer auf der Suche nach dem weißen Wolf."

„Du solltest ihm mehr Arbeit geben, damit er an andere Dinge denkt und diese traurige Geschichte vergisst."

„Er wird einmal, wie sein Vater, ein guter Pelztierjäger und Händler werden. Aber kein Mensch vermag ihm die Jagd nach dem Wolf auszureden. Ich habe es versucht, bin aber nicht weit damit gekommen. Der Junge liebte und bewunderte seinen Vater. Glaube mir, Jim, manchmal wünschte ich, dass er einen weißen Wolf, irgendeinen weißen Wolf, schießen könnte, damit er wieder zu sich selbst zurückfindet."

„Du magst ihn gern, nicht wahr?"

„Ich wollte, ich hätte einen Sohn wie ihn. Nun, ich habe weder eine Frau noch einen Sohn. Aber den Jungen mag ich sehr."

„Es gibt keinen weißen Wolf. Je eher du ihm das klarmachst, desto besser für ihn, Portugee."

„Ich weiß nicht, Jim. Ein Weißer hat diesen Wolf zwar noch nie gesehen, das ist wahr. Aber die Indianer erzählen Geschichten über ihn."

„Die Indianer kennen viele Geschichten von riesenhaften weißen Wölfen, von heiligen weißen Büffelstieren und von weißen Adlern. Allen Tieren, die in ihren Erzählungen eine besondere Rolle spielen, geben sie die weiße Farbe als besonderes Merkmal, denn Weiß ist für sie eine heilige Farbe. Ist es nicht so, Washakie?"

Der Shoshone nickte.

„Aber der Junge schwört, dass er einen weißen Wolf, oder etwas, das wie ein weißer Wolf aussah, bei seinem Vater gesehen hat."

„Auch ein gewöhnlicher Bergwolf, der sich kämpfend im Schnee wälzt, wird weiß", erwiderte Bridger.

Das dumpfe Krachen eines Kanonenschusses unterbrach ihn. Portugee Philips trat in die offene Türe seines Ladens und sah noch die helle Wolke des Pulverrauchs von der Torbastion wehen.

„Die Friedensgespräche beginnen", sagte er. „Die Häuptlinge versammeln sich auf dem Ratsplatz."

Bud ging, als der Kanonenschuss donnerte, zum Versammlungsplatz hinüber, wo die Häuptlinge der Sioux, Cheyenne und Arapahoes mit dem Vertreter der Regierung Zusammentreffen sollten.

Unterhalb der Festungsmauer war ein Zeltdach für E. B. Taylor, den Beauftragten des Präsidenten Andrew Johnson, aufgeschlagen worden. Hinter Taylor standen Captain Fetterman und ein halbes Dutzend weiterer Offiziere aus dem Fort, dazu die beiden Armeescouts und Pelztierjäger Tom Fitzpatrick und Ed Geary als Dolmetscher.

Taylor gegenüber saßen die beratenden Häuptlinge der verbündeten Stämme genau in der Rangfolge. Bud sah die Sioux Amerikanisches Pferd, Schwarzer Mokassin, Gefleckter Schwanz, Kriegsadler, Galle und Schwarzer Schild, die Cheyenne Höcker, Halbes Pferd und Zwei Monde, und die Arapahoes Pulvergesicht und Schwarzer Kessel.

Und hinter ihnen drängten sich berittene und bewaffnete Krieger der Sioux, der Cheyenne, die sich selbst Tsistsistas nannten, und der Arapahoes, deren Stammesname Blaue Wolken war, wohl eine Viertelmeile die Hügelhänge hinauf. Es mussten fast zweitausend Krieger sein. Nur das Schnauben und Scharren der Pferde war zu hören, und hin und wieder das Klirren von Waffen.

Bud blieb abseits stehen. Der Regierungsbeauftragte hatte die Verhandlungen mit den Häuptlingen bereits eröffnet, da erhob sich in den hintersten Reihen der Krieger ein großes Geschrei. Eine Gasse öffnete sich, und den Hang herab ritten zwei Häuptlinge. Beide waren hochgewachsen und saßen stolz auf den ungesattelten Pferderücken. Der größere trug eine blutrote Decke und eine Kriegsfederhaube aus schneeweißen Adlerfedern. Bud hatte lange genug unter den Sioux gelebt, um ihn sogleich zu erkennen. Es war Rote Wolke, der Häuptling der Oglala-Sioux, den sein eigenes Volk Mahapiya Luta nannte. Der andere war Pte san hunka, der Weiße Büffel, Buds indianischer Großvater, mit einer Fellhaube und krummen Büffelhörnern. Seine lange Federschleppe fiel, obwohl er zu Pferde saß, fast bis auf die Erde nieder.

Kaum hatten die beiden ihre Plätze in der ersten Reihe rechts und links von den größten Häuptlingen eingenommen, als ein dritter Reiter auf dem Kamm des Hügels auftauchte.

Diesmal kamen keine Schreie aus den hinteren Reihen der Krieger, doch wie Wogen einer dumpf grollenden Flut lief ein „Hun-hun-he" durch die Masse der Reiter. Es war ein düsterer, gutturaler Laut, der den einzelnen Reiter begleitete, als er nun im Schritt den Hang herabritt.

Er war nur mittelgroß, saß aber aufrecht zu Pferde, den Blick scheinbar unbeteiligt geradeaus gerichtet. Wie Rote Wolke trug er eine scharlachrote Decke um die Hüften. Über seinen Rücken fiel ein riesiges, schwarzes Wolfsfell herab, dessen Haupt mit den blinkenden Reißzähnen auf dem Kopf des Sioux saß. Selbst das Pferd, das dieser Häuptling ritt, war schwarz wie eine mondlose Nacht, und sein Schweif reichte bis zur Erde.

Dieser Sioux trug keine einzige Feder, denn er hatte sie nicht nötig. Er war der Mächtigste der Mächtigen, der größte Häuptling der Otschenti Tschakowin, der sieben Ratsfeuer der Siouxnation, der gefürchtetste aller Krieger, Taschunka Witko - Tolles Pferd, den die Uaschitschun, die Weißen, Crazy Horse nannten.

Nicht ein Blick aus seinen düsteren, glühenden Augen fiel auf einen der Männer, als er von seinem Pferd stieg und genau zwischen Rote Wolke und Weißer Büffel -aber einen Fuß vor ihnen - Platz nahm.

Bud hielt den Atem an, als er diesen stolzen, furchtlosen Krieger beobachtete. Dann sah er Portugee Philips zwischen den Soldaten und ging zu ihm.

„Sieh dir diesen Burschen an", sagte der Pelzhändler leise und deutete auf Tolles Pferd. „Taylor wird es nicht leicht gelingen, von ihm das Wegerecht durch das Pulverflussgebiet und die Schwarzen Hügel zu bekommen."

Und es schien, als sollte Portugee Philips recht behalten, denn die Verhandlung dehnte sich immer länger aus. Zwar erwies sich Taylor als geschickter Unterhändler, aber selbst als er die größten Häuptlinge schon überzeugt hatte, schwieg Tolles Pferd noch immer.

Als er sich schließlich erhob und zu sprechen begann, herrschte sofort tiefste Stille.

„Du willst von uns ein Wegerecht durch das Land, das, solange die Gedanken meines Volkes zurückreichen, immer das Jagdgebiet der Sioux war. Es sind die Weidegründe von Pte, dem Büffel. Dieses Land ist unser Herz, ist unser Leben; ohne dieses Land sind die Sioux zum Tode verurteilt. Wer sagt uns, dass der Weiße Mann nicht die Büffel in unserem Gebiet ausrotten und unser Land stehlen wird? Du willst ein Wegerecht haben und kommst mit Geschenken zu uns. Aber kannst du uns auch sagen, wie teuer wir schließlich für diese Geschenke bezahlen müssen? Ich glaube deinem Wort, denn deine Zunge ist gerade, und in deinem Herzen gibt es weder List noch Lüge. Aber du bist nur gekommen, um diesen Vertrag mit uns zu schließen; einhalten müssen ihn andere weiße Männer, und von ihnen wissen wir nicht, ob sie ein gutes Herz haben oder mit Lügen kommen, um die Sioux aus ihrem Land zu vertreiben. So wie ich denken auch die anderen Häuptlinge der Sioux, Tsistsistas und Blauen Wolken."

„Wir wollen weder eure Büffel töten noch von eurem Land Besitz ergreifen", erwiderte Taylor ruhig. „Aber du weißt, Tolles Pferd, dass im Norden, in dem Land, das wir Montana nennen, Gold gefunden wurde. Viele Weiße werden dort hinziehen. Wir wollen nichts anderes, als dass ihr sie in Frieden und ohne sie zu bekämpfen durch euer Gebiet ziehen lasst."

„Wir wissen, dass die Uaschitschun dieses Metall begehren, das die Menschen wahnsinnig macht. Wenn du wirklich nichts anderes willst als ein Wegerecht, werden wir die Feder berühren und den Vertrag mit dir schließen. Aber auf dem Papier muss stehen, dass kein einziger Uaschitschun-Soldat das Pulverflussgebiet und die Paha Sapa betreten darf. Soweit dein Auge reicht, gehört dieses Land den Sioux - und so soll es bleiben."

Ein zustimmendes „Hou-hou" stieg aus den Reihen der Häuptlinge, als er sich wieder setzte.

„Der Große Weiße Vater hat mich hierhergeschickt, um über ein Wegerecht zu verhandeln", erwiderte Taylor. „Niemand wird euch euer Land stehlen."

In diesem Augenblick vernahm Bud ein neues Geräusch. Es war das ferne Knarren von Wagenrädern, das Klirren von Hufeisen, und jenseits des Indianerlagers wurden lange, blaue Kolonnen von Soldaten sichtbar, die in Viererreihen, mit flatternden Fahnen, auf das Fort zuritten. Ihnen folgte ein langer Tross rumpelnder, knarrender Wagen und aufgeprotzter Kanonen, die jeweils von sechs Maultieren gezogen wurden.

„Carringtons Kommando", hörte Bud Portugee Philips fast unhörbar und doch voll Zorn sagen. „Das ist es, was Jim Bridger befürchtet hat, Junge. Das Auftauchen der Kavallerie bedeutet das Ende der Verhandlungen, du wirst es sehen."

Bud warf rasch einen Blick auf die Indianer, aus deren Reihen ein gedehnter Laut, dem Knurren eines in die Enge getriebenen Wolfes gleich, aufstieg. Die Pferde der Krieger bewegten sich unruhig. Rote Wolke und Weißer Büffel erhoben sich sofort, und hinter ihnen standen die anderen Häuptlinge auf.

Nur der in sein schwarzes Wolfsfell gehüllte Crazy Horse blieb sitzen, als Carringtons Kommando schnurgerade auf den Versammlungsplatz zuritt und dort anhielt.

Der Sioux hob die Hand, und plötzlich herrschte Stille. „Wohin geht der kleine weiße Häuptling mit seiner Truppe?" fragte er, und Bud sah seine dunklen Augen unter dem Wolfsfell blitzen.

Carrington zügelte sein Pferd und blickte auf den Häuptling hinunter. „Mein Befehl lautet, ins Pulverflussgebiet zu marschieren, Forts zu bauen und Garnisonen hineinzulegen.

Die Forts und Soldaten sollen die neue Straße nach Montana bewachen - den Bozeman-Weg."

Nun brach unter den Indianern ein Sturm der Entrüstung los, nur Tolles Pferd saß noch immer regungslos. Doch seine Augen ließen das Gesicht des Offiziers nicht los.

„Der Große Weiße Vater schickt uns Geschenke und möchte eine neue Straße im Gebiet der Sioux. Aber der kleine weiße Häuptling geht mit seinen Soldaten und stiehlt diese Straße, bevor die Indianer ja oder nein sagen können."

Rote Wolke richtete sich drohend auf. „Behaltet eure Geschenke, denn sie sind falsch wie eure Worte. Wenn auch nur ein Uaschitschun-Soldat den Pulverfluss überschreitet, wird es Krieg geben zwischen den Sioux und den Weißen. Hetschetuh ueloh! So soll es sein!"

Jetzt endlich erhob sich Tolles Pferd, und er sprach nur ein einziges Wort: „Hopo! Gehen wir!" Dann wandte er sich um, bestieg sein schwarzes Pferd, und innerhalb weniger Minuten war auf dem Versammlungsplatz kein einziger Indianer mehr zu sehen.

Portugee Philips legte Bud die Hand auf die Schulter. „So musste es kommen", sagte er und ließ seinen Worten einen tiefen Seufzer folgen. Sie kehrten ins Fort zurück.

Auf dem Paradeplatz von Fort Laramie fuhren die Wagen und Kanonen Colonel Carringtons in langen Reihen auf. Staubbedeckte Reiter saßen ab und führten ihre Pferde in die Ställe.

Carrington schlug sich mit den gelben, ledernen Stulpenhandschuhen den Staub von der Uniform, während er Captain Fettermans Meldung entgegennahm.

Bud entdeckte Jim Bridger, der zusammen mit Washakie aus der Kompanieküche kam und sich die letzten Kaffeetropfen aus dem Schnurrbart wischte.

„Ich freue mich, Sie hier zu sehen, Bridger", begrüßte ihn der Colonel und reichte ihm die Hand.

„Ich wollte, ich könnte das gleiche sagen", erwiderte der Scout ehrlich. „Ich habe gehört, die Sioux brechen ihr Lager ab und reiten nach Norden. Mit ihnen verschwindet die letzte Chance, Frieden zu machen."

„Ich habe meine Befehle", antwortete der Colonel, ohne eine Miene zu verziehen.

Jim Bridger spuckte nachdrücklich einen Strahl Tabaksaft aus. „Natürlich, Colonel - Sie haben ihre Befehle. Und ich habe meinen Skalp - wenigstens vorläufig noch."

„Bridger scheint sich vor den Sioux zu fürchten", sagte Fetterman mit einem spöttischen Auflachen.

„Warum sollte ich es nicht zugeben", nickte der bärtige Mann. „Ja, ich fürchte die Sioux. Angst ist manchmal der bessere Teil der Tapferkeit. Ich reite noch heute mit den Shoshonen zurück, sowie wir unseren Handel mit Portugee abgeschlossen haben."

„Ich hoffte, Sie als Armeekundschafter anwerben zu können", wandte Carrington ein. „Ich würde Sie gern unter meinem Kommando haben."

„Ich bin kein Soldat, Colonel. Und ich lebe gern unter den Indianern. Der Krieg zwischen der Armee und den Sioux geht mich nichts an."

„Sie enttäuschen mich, Bridger. Sie werden doch nicht wirklich Angst haben?"

„Colonel, Sie wollen mit tausend Soldaten, von denen die meisten unerfahrene, grüne Rekruten sind, ins Pulverflussgebiet, wo viele tausend feindliche Indianer auf Sie warten. Sir, ich begreife nicht ganz, warum die Armee unbedingt eine mit Forts befestigte Straße durch das Herz des Siouxlandes haben will. Vor zwei Jahren habe ich persönlich einen Weg westlich der Big-Horn-Berge ausgekundschaftet, der das Siouxgebiet überhaupt nicht berührt, sondern durch das Shoshonenland führt, und die Shoshonen sind friedlich. Washakies Krieger würden weder einen Weißen töten noch ein Pferd oder ein Maultier stehlen. Warum, zum Henker, müssen Sie Ihre Forts ausgerechnet im Siouxgebiet errichten?"

„Die Armee wird ihre Gründe dafür haben", entgegnete der Colonel steif.

„Das kann ich mir denken." Bridger schnitt mit seinem Messer ein neues Stück Kautabak zurecht. „Aber Sie wissen, Sir, was es bedeutet, wenn auch nur der Huf eines Soldatenpferdes das jenseitige Ufer des Pulverflusses berührt. Tolles Pferd und Rote Wolke werden kämpfen, Colonel."

Portugee Philips gab Bud ein Zeichen, ihn zu begleiten.

Sie prüften eben die von den Shoshonen mitgebrachten Felle, als Bridger aus dem Fort zurückkam.

„In der ganzen Armee scheint es nicht einen Mann zu geben, der mehr Verstand hat als ein Maulesel", polterte er zornig. „Portugee, Washakie und seine Krieger warten schon. Die Lastpferde sind beladen. Ich muss fort. Aber eines wollte ich dir noch sagen, mein alter Freund, und das gilt auch für dich, mein Junge: Bei den Shoshonen gibt es immer einen Platz, an dem ihr eure Zelte errichten könnt; es wird immer Holz für euer Feuer geben und Büffelfleisch, wenn ihr hungrig seid. Mit diesen Worten würde ein Shoshone seine Freunde einladen. Ich aber füge noch hinzu: Kommt, wann ihr wollt! Aber wartet nicht so lange, bis eure Skalps im Rauch eines Siouxfeuers trocknen."

Langsam leerte sich der riesige Lagerplatz der Indianer. Sioux, Cheyenne und Arapahoes zogen wie ein breiter Strom nach Norden, den Paha Sapa entgegen. Als die Dämmerung herabsank, war nur noch die rauchende, von Pferdehufen zertrampelte Asche der Lagerfeuer übriggeblieben.

Bud hatte die letzten Sioux hinter den Hügelkämmen verschwinden sehen und kehrte nun zum Fort zurück, um mit Ezra Miller über das, was geschehen war, zu sprechen.

Als er über den Paradeplatz ging, bemerkte er unweit der Schmiede, in der Nähe des Fahnenmastes, zwei Reihen von Männern. Es waren die indianischen Armeescouts, bestehend aus Shoshonen, Arikaras und Crows. Einige von ihnen trugen Kavalleriejacken über den malerischen Stammestrachten, und ihre kupferfarbenen Gesichter schienen im

Licht des Sonnenunterganges zu glühen. Sie wurden von Indianersergeanten geführt und standen, die Gewehre in den Armbeugen, wartend im Dämmerlicht. Eine Trommel ertönte dumpf. Alle Soldaten, die in Sichtweite waren, hielten in ihrer Arbeit inne und sahen auf. Bud wandte sich um, als er ein metallisches Geräusch hinter sich hörte.

Ein Indianer wurde zwischen vier Soldaten herangeführt. Zwischen seinen Füßen und Handgelenken klirrten bei jedem Schritt schwere, eiserne Ketten. Er ging langsam, mit schleppenden Schritten, und hielt den Kopf gesenkt. Von der anderen Seite des Paradeplatzes tauchten Captain

Fetterman und Leutnant Grummond auf und zügelten ihre Pferde.

Captain Fetterman richtete sich in den Steigbügeln auf. „Sergeant Mokassin-Charley wird wegen Diebstahls von Armeeeigentum degradiert und aus der Armee ausgestoßen“, sagte er. „Sergeant, tun Sie Ihre Pflicht!“ Und er nickte einem der Indianer zu, der die Winkel eines Sergeanten am Ärmel seiner Kavalleriejacke trug. Es war ein stämmiger, krummbeiniger Shoshone, der nun vortrat und dem Gefangenen zuerst die Sergeantenwinkel von der Jacke riss, dann sein Messer zog, ihm sämtliche Uniformknöpfe abschnitt und sie in den Sand warf.

Jetzt erkannte Bud den Mann, der mit gesenktem Kopf dastand und widerstandslos alles mit sich geschehen ließ. Es war ein Cheyenne namens Uatanye, den die Soldaten Mokassin-Charley nannten.

„Nehmen Sie dem Gefangenen die Ketten ab, Sergeant!“ befahl Fetterman. Der Shoshone öffnete die Schlösser und ließ die Ketten in den Sand fallen.

Captain Fetterman gab zwei berittenen Soldaten ein Handzeichen, und sie trieben ihre Pferde hinter Uatanye, der noch immer regungslos dastand und den Blick gesenkt hielt. Erst als die Schulter des einen Pferdes ihn in den Rücken stieß und ihn vorwärts taumeln ließ, hob er den Kopf und sah Fetterman hasserfüllt an. Seine Mundwinkel verzogen sich wie unter der bitteren Schärfe eines geheimnisvollen Tranks, dann ging er, von den Soldatenpferden getrieben, über den weitläufigen Paradeplatz zum Tor. Die beiden Kavalleristen ritten dicht hinter ihm, und

als sie das Tor erreicht hatten, gab einer von ihnen Uatanye mit der Stiefelspitze einen Stoß in den Rücken, und der Cheyenne fiel vornüber zu Boden. Dort blieb er liegen, bis die Soldaten zurückritten. Dann aber wandte er sich um. Plötzlich ballte er die Fäuste, hob den Kopf und stieß einen lauten, schrecklichen Schrei aus, wobei er die geballten Hände gegen die Schläfen presste. Bud, der den Dialekt der Cheyenne nicht beherrschte, verstand Uata-nyes Worte nicht. Aber er erriet, dass sie eine Drohung enthielten. Ein Schauer flog über seinen Rücken, denn er wusste, dass kein Indianer eine ihm angetane Schmach jemals vergessen würde.

„Was hat dieser Tsistsista getan?" fragte er Ezra Miller, der aus seiner Schmiede aufgetaucht war.

Der weißhaarige, alte Corporal wiegte bedenklich den Kopf. „Der Captain behauptet, von dem Cheyenne bestohlen worden zu sein. Der Indianer bestreitet das natürlich, aber der Colonel glaubt dem Captain natürlich mehr als diesem Cheyenne."

Er schwieg unbehaglich und scharrte mit seinem Holzbein im Sand, bevor er sich umwandte und wieder in seiner Schmiede untertauchte.

An diesem Abend kehrte Bud später zu der aus Holzplanken und Zeltplanen errichteten Behausung von Portugee Philips zurück. Der Mond warf schon sein zartes, nebelhaftes Licht aus dem eisenfarbigen Nachthimmel.

Bud hob die vor dem Eingang hängende Decke, doch mitten in der Bewegung hielt er inne. Im Zelt, auf der

anderen Seite des Feuers, saß ein Indianer, eine rote Decke um die Schultern geworfen, das düstere Gesicht gespenstisch vom tanzenden Flammenschein beleuchtet. Es war Uatanye.

„Ach, du bist es, Bud", sagte Portugee Philips, der gerade seine Schlafdecken für die Nacht ausbreitete. Er bemerkte Buds Blick und deutete auf den Cheyenne.

„Ich habe ihn aufgenommen", erklärte er gutmütig. „Er behauptet, die nördlichen Siouxstämme, mit denen wir Handel treiben wollen, gut zu kennen. Ich weiß, dass ihn die Armee ausgestoßen hat; doch uns kann er noch gute Dienste leisten."

Der Indianer hob den Kopf, und seine Augen glühten im Flammenschein wie die Augen eines Luchses.

„Uatanye hat nicht gestohlen", sagte er, und seine Stimme klang dumpf und zornig.

„Ich glaube dir ja", warf der Pelzhändler ein. „Fetter-man ist kein kluger Mensch. Aber jetzt arbeitest du für mich und wirst von mir bezahlt. Im Frühling, nach der Schnee-schmelze, brechen wir auf und reiten nach Norden, um mit den Two Kettles und den Schwarzfuß-Sioux Handel zu trei-ben. Inzwischen aber wirst du dem Captain aus dem Wege gehen."

Er setzte sich auf seine Decken, schnürte die von den Knö-cheln bis zu den Knien reichenden ledernen Beinschäfte auf und zog seine Mokassins aus.

„Fetterman behauptet, Mokassin-Charley habe ihm ein paar Flaschen Minne Wakan, Feuerwasser, gestohlen. Wer weiß, vielleicht hat er es wirklich getan. Die Indianer lieben dieses Zeug. Aber selbst, wenn er es getan hat, ist das kein Grund, ihn so hart zu bestrafen. Doch der Captain kann seine Abneigung gegen die Indianer nicht verbergen. Er möchte eine straffe Disziplin unter den indianischen Ar-meekundschaftern erzwingen, doch damit schafft er sich nur neue Feinde."

Mit einem wohligen Seufzer streckte er sich auf seinen De-cken aus, wobei er den Sattel als Kopfkissen benützte. Bud kroch still zwischen seine Schlafdecken, konnte aber kein Auge zutun. Er lag noch wach, als die gleichmäßigen, flachen Atemzüge des Pelzhändlers verrieten, dass dieser eingeschlafen war.

Regungslos, aber hellwach, lag er da und beobachtete den Cheyenne, der am Feuer saß. Nein, Uatanye würde die Schmach, die ihm im Angesicht der übrigen Scouts zugefügt worden war, niemals vergessen. Und es mochte sein, dass sich Captain Fetterman in seinem überheblichen Stolz einen gefährlichen Feind geschaffen hatte.

# KRIEGSTROMMELN

In dieser Nacht kam eine seltsame Unruhe über Bud. Schlaflos lag er in seine Decken gehüllt und lauschte dem leisen Knistern des Feuers und dem Wispern des nächtlichen Präriewindes. Lange vor Sonnenaufgang stahl er sich heimlich aus dem Zelt, sattelte sein Pferd, packte ein wenig Proviant und eine Handvoll Patronen in einen Leinenbeutel, füllte zwei Wasserflaschen und schob sein Gewehr in den Sattelschuh. Dann schnürte er die Decken hinter dem Sattel fest und ritt leise wie ein Indianer in das graue Licht der Morgendämmerung hinein. Tagelang durchstreifte er die sonnenheiße Prärie, den kühlen, dunklen Schatten der Bergwälder und folgte glitzernden Flussläufen.

Endlich fand er das Siouxlager, das er gesucht hatte. Mehr als hundert Tipis lagen, hellschimmernd in der Sonne, am jenseitigen Ufer eines kleinen Wasserlaufs. Aus ihren offenen Klappen stieg Rauch auf, und Trockengerüste, die sich unter der Last des Büffelfleisches bogen, waren zwischen den Zelten errichtet.

Rasch trieb Bud sein Pferd durch das aufspritzende Wasser der Furt und ritt auf das Lager zu. Das Wiehern halbwilder Mustangs scholl ihm entgegen.

Auf den weiten Grasflächen rund um die Tipis weideten große Pferdeherden. Mehrere Reiter kamen Bud entgegen. Er zügelte sein Pferd und wartete, bis sie ihn erreicht hatten.

„Woyuonihan, Pahuska, Gelbhaar!" rief ihm einer der jungen Krieger entgegen und hielt ihm die offene Handfläche zum Zeichen des Friedens entgegen.

„Woyuonihan, Gelber Vogel!" erwiderte Bud und trieb sein Pferd an. „Ich habe euer Lager gesucht, um mit Weißer Büffel zu sprechen."

„Dann komm mit mir!" forderte ihn der Sioux auf und zog sein Pferd herum, um Bud in das Lager zu geleiten. „Es ist lange her, dass wir zusammen zur Jagd geritten sind", fuhr er fort, während sie durch die Zeltgasse ritten. Squaws und

Kinder folgten ihnen, und magere Indianerhunde umtanzten knurrend und kläffend Buds Pferd.

Das Tipi von Weißer Büffel stand mitten im Lager. Bud hatte so oft in ihm gegessen und geschlafen, dass er ihn sofort wiedererkannte. Er hatte vierzehn Zeltpfähle und war mit Szenen aus den Kämpfen des Häuptlings gegen die Uaschitschun-Soldaten und die mit ihnen verbündeten Shoshonen und Crows bemalt. Neben dem Tipi war eine Büffellanze in den Boden gerammt, an der der Schild mit dem Medizintier des Häuptlings, dem heiligen weißen Büffelstier, hing.

Bud saß ab und warf seinem Pferd die Zügel nach vorne über den Kopf. Das war für jedes von den Sioux abgerichtete Reittier ein Zeichen dafür, dass es sich nicht von der Stelle rühren durfte. Bud aber bückte sich und trat durch den runden Zelteingang in das Innere des Tipis, das von mattem, goldenem Sonnenlicht erfüllt war.

Ein kleines Feuer brannte, und dahinter saß, mit einer bemalten Büffelhaut um die Schultern, die mächtige Gestalt des Hunkpapa-Häuptlings. Statt des königlichen Kriegsfederschmucks, den er bei der Beratung von Laramie getragen hatte, zierte seinen Kopf jetzt nur ein Kamm aus rotgefärbten Hirschschwanzhaaren, und eine einzelne, schwarze Adlerfeder stak zwischen den in Otterfell gehüllten Zöpfen.

„Mein Vater ist tot", sagte Bud. „Ich bin zu den Zelten meines Volkes zurückgekehrt, um hier meinen Schmerz zu überwinden."

Weißer Büffel nahm die lange Pfeife aus dem Mund. „Du kannst bei uns bleiben, solange du willst, Pahuska, denn du bist der Sohn meiner Tochter. Aber du hast nicht nur Siouxblut in den Adern, sondern auch das Blut der Uaschitschun. Eines Tages wird es dich zu den Weißen zurücktreiben. Aber nun erzähle mir, was mit deinem Vater geschehen ist."

Bud setzte sich an das Feuer und begann stockend zu berichten. Als er geendet hatte, schwieg der Häuptling lange.

Schließlich fragte Bud: „Wird es zwischen den Sioux und den Uaschitschun Krieg geben, mein Großvater?"

„Es wird Krieg geben, wenn die Langmesser unser Land zu stehlen versuchen, Pahuska."

„Es ist nicht meine Sache, für die Weißen zu sprechen, Weißer Büffel. Aber ist es nicht besser zu reden, als zu kämpfen?"

„Jetzt höre ich die Stimme der weißen Hälfte deines Blutes. Es hat keinen Sinn, mit den Uaschitschun zu reden", erwiderte der Hunkpapa ernst. „Wenn ein Sioux spricht, ist seine Zunge gerade; redet aber ein Weißer, so ist seine Zunge gespalten wie die einer Schlange. Du aber bist in meinem Tipi willkommen. Bist du hungrig?"

„Nein, mein Großvater."

„Du denkst an den Wolf", sagte der Sioux nachdenklich. „Aber die Wölfe sind jetzt in den Bergen und werden erst in die Prärie kommen, wenn der Schnee sie dazu zwingt. Doch nimm dich in acht vor diesem Wolf, dass er dich nicht tötet, wie er deinen Vater getötet hat."

Bud senkte den Blick und sah in das Feuer. Kurze Zeit war er froh gewesen, wieder bei den Sioux zu sein. Jetzt aber kehrten die Erinnerungen an seinen Vater zurück, und er fühlte eine seltsame Traurigkeit in sich aufsteigen.

„Dieser weiße Wolf ist böses Hmunka, böse Medizin für dich", fiel die Stimme des Häuptlings in die Stille, die seinen letzten Worten gefolgt war. „Aber im Leben jedes Menschen gibt es das Böse, gegen das er kämpfen muss. Doch glaube mir, dass schließlich immer das Gute über das Böse, das Licht über die Dunkelheit, Wakan Tanka über den Dämon der Finsternis, Yunke-lo, siegt. Ich spreche zu dir, wie ich zu meinem Sohn sprechen würde, denn ich habe keinen Sohn, du aber bist von meinem Blut. Von Anbeginn der Welt, als Wakan Tanka, der Große Geist, in Gestalt eines weißen Büffelbullen auf die leere Erde stampfte und mit seinen Hufen

Berge, Täler und Flüsse schuf, seit er mit seinen Hörnern das Feuer des Tages und die vielen kleinen Feuer der Nacht zum Himmel hinaufschleuderte, kämpfen Gut und Böse gegeneinander."

„Dann weißt du auch, mein Großvater, dass ich diesen Wolf töten muss, wenn ich wieder Ruhe finden will."

„Du wirst alles bekommen, was du brauchst, wenn du in die Berge reiten willst, Sohn meiner Tochter. Ich werde dir Pferde, Wassersäcke, getrocknetes Büffelfleisch und Patronen für dein Gewehr geben."

In diesem Augenblick wurde draußen vor dem Tipi Lärm laut. Reiter preschten durch die Lagerstraßen, Pferde schnaubten, und Stimmen riefen durcheinander. Weißer Büffel erhob sich, ließ die Bisonhaut von den Schultern gleiten und trat aus dem Zelt. Bud folgte ihm.

Ein Hunkpapakrieger ließ sich vom Rücken seines erschöpften Pferdes gleiten, dessen zitternde Flanken dunkel von Schweiß waren. Der bronzefarbene Körper des Kriegers war mit weißen Farbstreifen bemalt. Patronenbeutel und Pulverhorn klapperten an seiner Seite, als er, das Gewehr in der linken Armbeuge, auf Weißer Büffel zu trat.

„Die Uaschitschun haben den Pulverfluss durchquert!" stieß er keuchend hervor. Ein dumpfes, drohendes Murren stieg aus der Menge der Krieger, die sich vor dem Zelt des Häuptlings versammelt hatten.

„Berichte, was du gesehen hast!" forderte Weißer Büffel den Späher auf.

„Viele Uaschitschun haben die Furt des Pulverflusses nahe dem Hügel der hundert Büffel durchquert. Es sind viele Pferdesoldaten und Marschiere-viel (so nannten die Prärieindianer die Infanterie). Sie haben Wagen, Lastmaultiere und außerdem Wagengewehre (dies ist der Siouxausdruck für Kanonen), und bei den Uaschitschun sind viele Shoshonen und Crows, die als Kundschafter für die Pferdesoldaten kämpfen. Es sind viele hundert Soldaten, Weißer Büffel. Was sollen wir tun?"

Weißer Büffel sah über die Krieger hinweg auf die hügelige Prärie. Es war Sommer, der Monat, der bei den Sioux der Monat der Schwarzen Kirschen genannt wird, und die Büffeljagd stand bevor.

„Wakan Tanka weiß, dass wir keinen Krieg wollen", sagte er endlich, und die Worte kamen nur schwer über seine Lippen. „Aber wenn die Uaschitschun unser Land stehlen wollen, werden wir es verteidigen. Schickt Reiter zu Tolles Pferd und seinen Oglalas, zu Kriegsadler, zu Gefleckter Schwanz und Rote Wolke, zu allen sieben Stämmen der Otschenti Tschakowin. Es ist Krieg zwischen uns und den weißen Männern!"

Mit Schrecken wurde Bud bewusst, was das bedeutete. Jim Bridger hatte recht behalten. Noch in dieser Nacht würden die Kriegstrommeln der Sioux zu dröhnen beginnen. Von allen Seiten würden die Krieger der mächtigsten Indianernation der nördlichen Prärie zusammenströmen, um die weißen Soldaten aus dem Büffelland zu vertreiben. Das bedeutete Krieg, einen Krieg, in dem die Sioux, die Bud liebte, vielleicht von den Soldaten vernichtet würden.

Bestürzt blickte er auf, als die Hand von Weißer Büffel sich schwer auf seine Schulter legte.

„Steig auf dein Pferd und reite zurück zu den Uaschitschun, Pahuska!" hörte er den Häuptling sagen.

„Und ich sage nein!" rief einer der Krieger. Als Bud sich umwandte, sah er, dass es Gelber Vogel war, der sein Gewehr auf ihn gerichtet hatte. „Er ist ein Weißer. Wenn wir ihn lebend zu den Pferdesoldaten zurückkehren lassen, wird er sie warnen und ihnen sagen, dass wir die Kriegsfeuer entzündet haben."

„Auch die Uaschitschun haben Augen und Ohren", erwiderte Weißer Büffel. „Sie werden unsere Trommeln hören und in den Nächten den Schein der Feuer auf den Bergen sehen."

Bud tat einen Schritt auf sein Pferd zu, doch Gelber Vogel verstellte ihm den Weg. Seine Augen glitzerten zornig, und einen Augenblick glaubte Bud, der Finger des Kriegers krümme sich und löse den Schuss.

Das war wieder jene unbegreiflich schnelle Sinnesänderung eines Indianers, dessen Freundschaft sich durch einige Worte in glühenden Hass verwandeln konnte.

Als Weißer Büffel sprach, verstummten die Krieger. „Lasst ihn gehen", rief er. „Er ist mir wie ein Sohn. In diesem Lager wird niemand die Hand gegen ihn erheben."

Die Gewehrmündung, die Bud bedrohte, senkte sich langsam, und in tiefem Schweigen öffnete sich eine Gasse für Bud. Er ging zwischen den Kriegern hindurch zu seinem Pferd, das mit hängendem Kopf in der Sonne stand, nahm die Zügel auf und schwang sich in den Sattel.

Weißer Büffel trat zu ihm und legte seine Hand auf den Hals des Pferdes. „Ich wollte, ich könnte sagen: Komm wieder, Pahuska! Aber du darfst nicht wiederkommen. Das Blut deines weißen Vaters steht von nun an zwischen dir und meinem Volk. Geh zurück zu den Uaschitschun, denn von nun an werden die Sioux versuchen, dich zu töten, weil du ein weißes Gesicht und helles Haar hast.

Du bist nicht mehr sicher unter unserem Volk. Auch mein Wort könnte dich nicht mehr schützen, wenn die sieben Ratsfeuer den Krieg beschließen. Reite schnell zurück zum Pulverfluss und schone dein Pferd nicht, denn du bist erst in Sicherheit, wenn du das jenseitige Ufer des Flusses erreicht hast. Wakan Tanka wird dich schützen, weil ich es jetzt nicht mehr kann, Sohn meiner Tochter. Woyuoni-han!"

„Woyuonihan, mein Großvater!" gab Bud den Siouxgruß zurück. „Mein Herz ist schwer wie ein Stein in meiner Brust."

Erst in diesem Augenblick wurde ihm schmerzlich bewusst, wie sehr er diesen Siouxhäuptling liebte, der sein einziger, noch lebender Blutsverwandter war, und dass es ihm weh tat, ihn verlassen zu müssen.

Doch ohne sich umzusehen, ritt er im Schritt aus dem Zeltlager. Und wie Weißer Büffel es befohlen hatte, hob sich keine Hand gegen ihn; nicht einmal die halbnackten Kinder, die mit ihren Hunden zwischen den Tipis standen, warfen Steine nach ihm.

Er ritt durch die Furt des Flüsschens, dann den Hügelhang hinauf und verhielt sein Pferd erst in einem Gehölz von Douglaskiefern, Wacholderbeersträuchern und Cottonwoodbäumen.

Von seinem Standort aus sah er, wie die Sioux berittene Boten in alle Himmelsrichtungen schickten, um die anderen Stämme zu warnen. In weniger als einer Stunde würden sie das Lager abbrechen und ihre gesamte Habe auf die Travois laden, die von Pferden und Maultieren

gezogenen Schleppbahren. Kurz darauf würde der ganze Stamm in langen, unregelmäßigen Kolonnen nach Nordwesten ziehen, tiefer in das Herz des Siouxlandes hinein.

Langsam ritt Bud zwischen den sonnenwarmen, nach Harz duftenden Kiefern dahin. Der dicke Nadelteppich des Waldbodens dämpfte die Huftritte seines Pferdes. Das Sonnenlicht, das zwischen den schweren, dunklen Ästen hindurch auf die Erde fiel, malte helle Lichtkringel, und aus der Höhe des blauen Himmels klang der scharfe, trotzige Schrei eines jagenden Präriefalken, der dort seine weiten Kreise zog.

Das war eine Stimmung, die Bud liebte und die er oft erlebt hatte, wenn er mit seinem Vater zwischen Wasserfällen und heißen Quellen, unter schneebedeckten Berggipfeln, in den dunklen Wäldern der Tetontäler Biber gejagt hatte. Diese Biber wurden mit stumpfen Pfeilen erlegt, um ihre schönen, glänzenden Felle nicht zu beschädigen. Dies war die schönste Zeit in Buds Leben gewesen. Oft hatten sie abends unter windrauschenden Kiefern und Fichten am Lagerfeuer gesessen, und sein Vater hatte die alten Geschichten seiner irischen Heimat erzählt, während aus der Ferne das Heulen der Coyoten und das dumpfe Brüllen kämpfender Bisonbullen herüberdrang.

Er zügelte sein Pferd im Schatten uralter Bäume und bückte sich, um die Wasserflasche vom Sattelhorn zu lösen. Im gleichen Augenblick hörte er ein Schwirren in der Luft, dem ein heftiger Aufprall folgte, und dicht über ihm zitterte der gefiederte Schaft eines Pfeiles in der harten Baumrinde. Mit gellendem Geschrei stoben Vögel aus den Wacholderbüschen auf.

Buds Pferd scheute und machte einen so heftigen Sprung zur Seite, dass der Junge fast aus dem Sattel gestürzt wäre. Doch im nächsten Moment hatte er sich wieder gefasst und stieß dem Tier die Fersen seiner Mokassins in die Weichen. Aus dem Stand heraus sprang der Pinto in Galopp, und Bud duckte sich auf die flatternde Mähne, um nicht von tiefhängenden Ästen aus dem Sattel gerissen zu werden.

Bei jedem Sprung schlug die Wasserflasche dröhnend gegen den rechten Steigbügel, da Bud keine Gelegenheit mehr gehabt hatte, sie wieder festzubinden.

Obwohl er wusste, wie leicht ein Pferd zwischen den Baumwurzeln stolpern kann, sah er sich mitten im schnellen Ritt um.

Eine Siouxbande, die aus vier oder fünf jungen Kriegern bestand, jagte einen sonnenbeschienenen Hang herab. Bud erkannte Gelber Vogel unter den Reitern.

Tief über das Sattelhorn geneigt, ritt Bud weiter. Plötzlich aber verschwand die ebene Erde vor ihm, und ein steiler, kiefernbestandener Hang senkte sich zur Prärie hinab. Das Pferd blieb stehen und bäumte sich wiehernd auf. Bud schlug es mit den Zügelenden auf die Kruppe und zwang es, den Hang hinunter zu galoppieren.

Da geschah es. Der abgestorbene Ast eines Baumes, der wie ein Speer Vorstand, fuhr durch den Lederriemen der Wasserflasche und spannte sich straff wie eine Bogensehne. Das voranstürmende Pferd wurde herumgerissen, seine Hufe suchten verzweifelt Halt auf dem abschüssigen Grund. Dann stürzte das Tier schwer auf die Seite und rutschte, mit den Hufen um sich schlagend, den Hang hinab.

Bud gelang es im letzten Augenblick, sich aus dem Sattel zu werfen, bevor der Pinto ihn unter sich begrub. Hart schlug er mit dem Kopf gegen eine Baumwurzel und blieb benommen liegen.

Als er sich mühsam aufrichtete, sah er, dass das Pferd am Fuß des Hanges wieder auf die Beine gekommen war. Der Sattel hing ihm schief auf der Flanke.

Bud sah sich um. Nur wenige Schritte entfernt lagen mehrere übereinander getürmte, verfaulende Baumstämme, die ein gewaltiger Wintersturm vor vielen Jahren entwurzelt haben mochte.

Bud kroch darunter und presste sich eng an das moderig riechende Holz, während er versuchte, seinen Atem zu beruhigen.

Er konnte nichts anderes tun, als sich verstecken, denn sowohl sein Karabiner, der im ledernen Sattelschuh stak, wie auch der Siouxkriegsbogen und der Pfeilköcher, die er seit seiner ersten Biberjagd immer bei sich hatte, waren bei seinem Pferd. Er konnte aber nicht hoffen, den Pinto zu erreichen, denn jetzt hörte er Hufschlag und sah durch das Gewirr abgestorbener Zweige, wie die Sioux am Rande des Hanges ihre Pferde zügelten.

Bud kroch noch tiefer in sein Versteck, doch dann hörte er erneut donnerndes Hufgetrappel, das rasch in der Ferne verklang. Trotzdem blieb er regungslos liegen. Es war nicht das Indianerblut in seinen Adern, das ihn vorsichtig sein ließ, sondern seine Erinnerungen an die Biberjagden in den Tetontälern. Auch dort verkrochen sich die Biber beim Auftauchen der Jäger in ihren Knüppeldämmen. Aber wenn der Jäger sich eine Zeitlang ruhig verhielt und kein verräterisches Geräusch verursachte, glaubten die Tiere, die Gefahr sei vorüber, und tauchten aus ihren sicheren Schlupfwinkeln, deren Eingänge sich unter Wasser befanden, wieder auf. Und in diesem Moment traf sie dann der Pfeil.

# IN LETZTER SEKUNDE

Scharfes Hufgeklapper, Wiehern und das Klirren von Zaumzeug drangen in sein Versteck.

„Bud!" rief eine Stimme, die ihm wohl vertraut war. „Bud, Junge, wo bist du? Ich bin es, Portugee."

Hastig kroch Bud unter den Baumstämmen hervor. An ihm vorbei preschte ein halber Zug Kavallerie den Hang hinauf. Säbelscheiden klirrten gegen Steigbügel, und die rot-weiße Kompaniefahne flatterte über den Reitern. Die Siouxbande war verschwunden.

Bud wischte sich Staub und Erde aus dem Gesicht und stieg langsam zu Portugee Philips und dem Cheyenne Uatanye hinunter, der das Pferd des Jungen am Zügel hielt.

„Wie kann man nur zu den Sioux reiten, nachdem Colonel Carrington mit seinem Kommando den Pulverfluss überquert hat? Das ist, als ob man die Hand in ein Hornissennest steckte", erklärte der Pelzhändler brummig und versteckte die Erleichterung darüber, dass Bud nichts geschehen war, hinter einer ärgerlichen Miene. „Nimm die Zügel und richte den Sattel deines Pferdes. Du kannst von Glück reden, dass die Patrouille gerade hier vorbeikam."

Seine Stimme klang noch ernster, als er fortfuhr: „Bud, du hättest niemals allein ins Pulverflussgebiet reiten dürfen. Was würde dein Vater sagen, wenn er wüsste, wie unvorsichtig du bist?"

„Ich habe lange Jahre bei den Hunkpapas gelebt",

erwiderte Bud, während er den Sattelgurt seines Pintos festzog. „Ich hatte viele Freunde unter ihnen, und doch jagten sie mich und wollten mich töten."

„Vielleicht ist das weniger die Schuld der Indianer als die der Armee, die ihre Forts ausgerechnet im Siouxgebiet bauen muss", gab Portugee Philips nachdenklich zurück. „Doch wenigstens weißt du nun endgültig, zu wem du gehörst, Bud. Deine Mutter war eine Sioux. Trotzdem kannst du nicht mehr zu ihrem Stamm zurückkehren, denn die Hunkpapas würden dich töten. Für sie bist du ein

Uaschitschun, ein Weißer. Die Siouxzelte werden dir von nun an verschlossen bleiben, aber wo die Weißen leben, wird auch dein Zuhause sein. Und solang der alte Portugee am Leben ist, wirst du bei ihm immer einen Unterschlupf finden."

# FORT CARRINGTON

Zum ersten Mal in seinem Leben sah Bud, als er mit Portugee Philips und Uatanye zu den Soldaten am Pulverfluss zurückkehrte, wie ein Fort errichtet wurde. Es sollte nach seinem Erbauer den Namen Carrington tragen und wurde fast ganz aus Baumstämmen errichtet; nur das Pulvermagazin hatte Mauern aus Stein. In weitem Umkreis waren die Ufer des Pulverflusses und des Big Piney Creek abgeholzt. Frische, weiße Baumstümpfe ragten überall empor, und dazwischen mühten sich von schwitzenden, fluchenden Soldaten angetriebene Maultiergespanne, die gefällten, schweren Kiefernstämme zum Fort hinüberzuziehen, dessen Palisaden zum Teil schon errichtet waren.

„Fort Carrington wird, sobald es fertig ist, einer der stärksten und sichersten Armeeposten sein", sagte Portugee Philips. „Sieh nur, wie hoch die Palisaden sind. Und an jeder Ecke sowie über dem Tor lässt Carrington eine Bastion errichten, die mit einer Zwölfpfünderkanone bestückt wird. Es sieht wirklich so aus, als könnten wir den Winter in Sicherheit verbringen. Aber es dürfte schwierig werden, so viele Männer mit Nahrung zu versorgen. Wir werden rechtzeitig daran denken müssen, auf Büffeljagd zu gehen. Wir haben jetzt September, oder, wie sich die Sioux ausdrücken, den Monat, in dem Kalb Haare wachsen. Der Winter wird nicht mehr lange auf sich warten lassen."

Gefolgt von Uatanye, ritten sie zum Fort hinunter. Die Wachposten mussten jeden Augenblick damit rechnen, von Siouxbanden angegriffen zu werden, solange die Palisaden noch nicht fertig waren und somit nicht genügend Schutz boten.

Captain Fetterman ritt auf seinem prachtvollen, haselnussbraunen Kentuckyfuchs von Arbeitskolonne zu Arbeitskolonne und trieb die Männer zu rascher Arbeit an. Die Soldaten warteten wohlweislich, bis er außer Hörweite war, bevor sie ihrem Unmut durch erbittertes Schimpfen Luft machten.

„Während der ganzen Zeit, in der wir uns hier fast die Seele aus dem Leib arbeiten, habe ich den Captain nicht mehr tun sehen, als sich mit dem Handschuh den Staub von seinen Stiefelschäften zu klopfen", hörte Bud im Vorbeireiten einen Sergeanten sagen.

Vor einem weitläufigen Corral, der aus in die Erde gerammten Pfählen und dazwischen gespannten Seilen bestand, zügelte Portugee Philips sein Pferd.

„Wir müssen unsere Tiere hierlassen, solange die Ställe noch nicht errichtet sind", erklärte er Bud. „Aber die Sättel nehmen wir mit. Ich habe an der Stelle, an der unser Laden errichtet wird, ein Zelt aufgeschlagen."

Sie sattelten ihre Pferde ab und trieben sie in den Corral, in dem bereits eine riesige Herde weidete. Da gab es Füchse, Falben, Pintos, Schimmel, Rappen und Appalousianer.

Bud folgte dem Pelzhändler und Uatanye in das halbfertige Fort, wo sie ihre Sachen im Zelt unterbrachten. Es begann zu dämmern. Die Sonne stand wie eine Scheibe

rotglühenden Eisens über dem Horizont, und kupferfarbene Wolkenstreifen zogen aus einer Wolkenbank im Westen über den blauen Himmel. Die Schatten wurden länger.

„Wir reiten morgen auf Büffeljagd", sagte Portugee Philips, als sie um ihr Feuer saßen. Eine große, eiserne, rußgeschwärzte Pfanne stand in der Glut. Bud hatte einen Teller voll Mais, Rindfleisch und Bohnen und einen Blechbecher voll Kaffee vor sich.

„Die Shoshonenscouts, die für die Armee arbeiten", fuhr der Pelzhändler fort, „haben berichtet, dass eine große Büffelherde flussaufwärts zieht. Es müssen viele tausend Tiere sein. Ich hoffe nur, dass uns die Sioux in Ruhe lassen. Sie haben manchmal die Angewohnheit, sich so tief auf die Rücken ihrer Pferde zu ducken, dass sie wie Bisonhöcker aussehen; dann verbergen sie sich mitten unter der Herde. Auf diese Weise hat schon mancher weiße Büffeljäger einen Siouxpfeil in den Rücken bekommen, ohne auch nur die Federspitze eines Indianers gesehen zu haben."

Nachdem sie gegessen und das Blechgeschirr gesäubert hatten, kam Leutnant Grummond, um Portugee Philips auszurichten, dass der Kommandant ihn zu sehen wünsche. Da Bud nicht mit Uatanye allein bleiben wollte, verließ auch er das Zelt. Das Gesicht des Cheyenne schien ihm jetzt noch düsterer und drohender als an jenem Abend in Fort Laramie, da er aus der Armee ausgestoßen worden war. Bud hatte das Gefühl, dass der Hass wie eine schleichende Krankheit an dem Indianer zehrte.

So machte er sich auf, Ezra Miller zu suchen. Er fand den alten Corporal inmitten seiner Hämmer, Zangen und Hufeisen, die von den Soldaten einfach auf einen Haufen geworfen worden waren.

Mit mürrischem Gesicht stocherte er in seinen Sachen herum. Jonas Gilpin saß auf dem Amboss und spottete gutmütig: „Sieh ihn dir an, Bud! Er ist nicht zu genießen, solange nicht wieder Feuer in seiner Esse brennt. Wenn man sein Gesicht sieht, könnte man glauben, dass ihm jemand eines seiner verrosteten Hufeisen gestohlen hat."

„Lach nur, du Grünschnabel", knurrte Miller verdrossen. „Was wäre die Kavallerie ohne Hufschmiede. Würden wir eure Pferde nicht beschlagen, kämt ihr keine Meile weit, denn eure Gäule würden sich Hühneraugen laufen."

„Du sprichst wirklich, als verstündest du dich auf das Beschlagen von Pferden", erwiderte Gilpin und zwinkerte Bud zu. „Dabei habe ich, so wahr ich lebe, schon Maultiere vor Angst blass werden sehen, als man sie zum Beschlagen in deine Schmiede führte."

Ezra Miller knurrte drohend und hob einen Hammer, doch Jonas Gilpin grinste nur, nahm seinen Hund auf den Arm und streichelte ihn.

Der alte Corporal warf den Hammer wieder zu seinem übrigen Werkzeug. „Eines Tages werde ich dir dein Mundwerk zuschmieden. Du redest den ganzen Tag. Ich habe noch nie einen Menschen gesehen, der so lange reden konnte, ohne Atem zu schöpfen. Könnte man dich zukorken wie eine Flasche, wärst du ein ganz netter Kerl,

Jonas. Freilich, solche Menschen zukorken hieße sie morden. Aber ich habe hier noch eine Kanne Kaffee. Jonas Gilpin, mache dich nützlich und hole drei Becher!"

Die Becher wurden gebracht, und der alte Corporal füllte sie aus der verbeulten Kanne.

„Habe ich euch eigentlich jemals erzählt, wie ich ganz allein zweihundert Cheyenne am Washita River gefangen nahm?" fragte er, nachdem er einen Schluck Kaffee getrunken hatte. Behaglich streckte er sein Bein von sich, umspannte den Becher mit beiden Händen und lächelte listig.

„Also, das war so: Ich hatte eine Nachricht von Fort Washita nach Fort Sill zu bringen. Unser Regiment war in heftige Kämpfe mit den Cheyenne verstrickt, und der Kommandant fürchtete, die Indianer könnten das Fort angreifen. Er ließ mich kommen und sagte zu mir: ‚Miller, ich kann diese Nachricht nur dem tapfersten meiner Männer anvertrauen, deshalb habe ich Sie gewählt.'„

Jonas Gilpin verdrehte die Augen und gab einen stöhnenden Klagelaut von sich.

„Ich ritt also ganz allein", fuhr Miller fort und warf Gilpin einen durchbohrenden Blick zu. „Plötzlich stieß ich auf ein Kriegslager der Cheyenne. Es waren etwa zweihundert Krieger. Was sollte ich tun? Sollte ich warten, bis sie Fort Washita angriffen? Da gab es für mich nur eines. Zuerst beschlich ich sie, dann umzingelte ich sie und griff sie von allen Seiten zugleich an."

Er lehnte sich bequem zurück und grinste. „Na, da blieb ihnen dann nichts anderes mehr übrig, als sich zu ergeben." Er hielt inne und sah von Bud auf Jonas Gilpin. „Na?" fragte er herausfordernd.

„Du bist der größte Lügner, der mir jemals unter die Augen gekommen ist", antwortete Gilpin. „Diese Geschichte ist noch übler als deine Heldentaten aus dem

Rebellionskrieg. Ich frage mich nur, warum ich dir immer wieder zuhöre."

„Du bist mir ein feiner Freund", schimpfte Miller in gespieltem Zorn. „Kommst her, stiehlst mir meine Zeit, trinkst meinen Kaffee - und nennst mich dann einen Lügner."

„Selbst ein Maultier würde bei solchen Lügengeschichten erröten", behauptete Gilpin.

„Dann geh und erzähle sie einem Muli, und dann komm zurück und sage mir, was es gemacht hat", knurrte der alte Corporal. „Ich war schon bei der Kavallerie, als du noch in den Windeln gelegen hast, junger Specht. Und wenn ich nicht mein Bein verloren hätte, wäre ich heute General."

„Hiho!" lachte Gilpin.

„Hör auf zu wiehern wie ein Esel!" sagte Ezra Miller und stieß seinen knochigen Zeigefinger gegen Gilpins Brust. „Du hättest mich in der Schlacht von Gettysburg sehen sollen, als unser Regiment die Geschützstellungen des Feindes attackierte. Ich ritt allen anderen voran direkt auf die Mündung einer feuerbereiten Kanone zu, in der einen Hand die Zügel, in der anderen die Fahne, in der anderen den Säbel ..."

„Jetzt reicht es!" unterbrach ihn Gilpin und setzte seinen Hund auf die Erde. „Komm, Bud, wir gehen, sonst hat er plötzlich fünfundzwanzig Hände. Nicht einmal der beste Kaffee zwischen dem Missouri und den Rocky Mountains könnte mich dazu veranlassen, noch eine Minute länger hierzubleiben und dir zuzuhören, Ezra Miller."

Seit Sonnenaufgang waren sie dem Flusslauf gefolgt. Nun verließen sie sein Bett und ritten westwärts. Vor ihnen lagen die blauen Berge im silbernen Dunst des Indianersommers. Die Hänge, die links und rechts ihren Weg säumten, waren mit Erlen, Cottonwoodbäumen, Douglaskiefern und Ponderosas bestanden. Die Prärie brannte im Flor indianischer Farben. Rosablühender Portulak mischte sich mit gelben Caillardien, und die Büffelerbse verwob mit der Stierdistel zu einem Zauberteppich.

Uatanye, der hinter Portugee Philips und Bud ritt, führte die Lastmaultiere am langen Leitzügel. Das Gesicht des Cheyenne war düster und verschlossen wie immer, und Bud, der ihm ab und zu einen Blick zuwarf, wusste nur zu genau, woran der Indianer dachte.

Sie trieben ihre Pferde einen Hang hinauf, hielten auf dem Kamm des Hügels und sahen plötzlich die Büffel in mächtigem, feierlichem, stetem Strom nach Norden ziehen, langsam, die Köpfe gesenkt und friedlich grasend. Es müssten mehr als tausend Büffel sein, denn das Stampfen und Schnauben der Herde war fast eine Meile weit zu hören.

Da gab es riesige, schwarzgesichtige Stiere mit mächtigen Bärten, Kehlfalten und dunkel glänzenden, kurzen, krummen Hörnern. Zwischen ihnen weideten rötlich gefärbte Büffelkühe und kleine Kälber mit kupferfarbenem Fell und langen, dünnen Beinchen.

Ab und zu wälzte sich ein Bisonbulle auf dem Erdhügel eines Präriehundbaus, um ein Staubbad zu nehmen, doch keines der Tiere beachtete die drei Reiter.

Portugee Philips richtete sich in den Steigbügeln auf und ließ seinen Blick über das weite Meer dunkler, gewölbter Büffelhöcker schweifen, um nach Indianern zu suchen, die sich vielleicht unter die Herde gemischt hatten.

„Keine Feder zu sehen!" murmelte er. „Was meinst du, Mokassin-Charley?"

Der Cheyenne schüttelte den Kopf und stieß einen dumpfen Laut aus, der dem Knurren eines Wolfes glich.

„Keine Sioux", erwiderte er. „Tolles Pferd und Rote Wolke sind mit ihren Stämmen nach Norden gezogen, um dort auf die Büffel zu warten."

„Gebe Gott, dass du recht behältst!" nickte Portugee Philips. Er beugte sich vor und zog seinen Karabiner aus dem Sattelschuh. Bud und der Indianer taten es ihm nach.

„Mokassin-Charley reitet nach Süden!" befahl der Pelzhändler. „Ich nähere mich der Herde von Norden, und Bud reitet zur anderen Seite hinüber." Zu Bud gewandt, fuhr er fort: „Dein Vater hat dir beigebracht, wie man Büffel jagt. Nun zeige, was du gelernt hast. Aber nimm dich vor den Hörnern der Bullen in Acht."

Er trieb sein Pferd voran und verschwand in einer Hügelsenke. Der Cheyenne ritt, nachdem er die Maultiere an einer Kiefer angebunden hatte, in entgegengesetzter Richtung davon.

Bud wartete eine Weile, um den beiden Männern Zeit zu lassen, dann drängte er sein Pferd den Hang hinab, wobei er sich nach Indianerart tief über den Sattelknauf

duckte. Langsam trottete das Pferd auf die Herde zu. Die zunächst stehenden Bisons hoben die mächtigen Schädel und sahen dem Tier, das einen Höcker wie ein Büffel zu haben schien, aus kleinen, misstrauischen Augen entgegen, dann senkten sie wieder die Köpfe und begannen erneut zu grasen.

Bud ritt zwischen ihnen hindurch, während er darauf wartete, von Norden oder Süden die ersten Schüsse zu hören. Ganz dicht kam er an einem riesenhaften Bullen mit bemoostem Rücken vorbei, der ihn aus blutunterlaufenen Augen anstarrte, ohne ihn jedoch anzugreifen. Büffel waren schwer aus ihrer Ruhe zu bringen; geschah es aber einmal, so fiel die ganze, riesige Herde von einer Sekunde zur anderen in wilde Panik. Dann hieß es für einen Reiter, sich in acht zu nehmen, denn wenn sein Pferd einen Fehltritt tat und stürzte, raste die Herde über ihn hinweg und stampfte ihn in die Erde.

Bud hatte gerade das jenseitige Ende der gewaltigen Herde erreicht, als er von Norden her das dumpfe Krachen von Portugee Philips Karabiner hörte. Überall, rund um ihn her, kamen die Büffel, die sich im kurzen Präriegras niedergelassen hatten, ruckartig auf die Beine, hoben die mächtigen Schädel, und ihre dünnen Beine scharrten aufgeregt im Erdreich.

Die Herde brach in Panik aus. Erst langsam, dann immer schneller, setzte sie sich in Bewegung und stürmte schließlich in donnerndem Galopp, bei dem die Erde unter vielen tausend scharfkantigen Hufen erzitterte, nach Norden.

Bud ritt bis zu einer Felsklippe, die jäh aus einem Hügelhang vorsprang, hielt an, saß ab und zog das schwere Büffelgewehr, das einst seinem Vater gehört hatte, samt der Stützgabel aus dem Sattelschuh. Er pflanzte die Gabel in die Erde, kniete nieder und stützte den Gewehrlauf auf. Langsam und bedächtig begann er zu schießen. Ein Sharps-Büffelgewehr ist eine schwere Waffe, und um über größere Entfernungen hinweg Bisons zu schießen, hätte selbst ein erwachsener Mann die Gabel benützt.

Bud liebte die Büffel, weil sie ein Teil des freien, ungebundenen, herrlich wilden Lebens der Prärie waren, und doch tötete er sie, wie die Indianer sie töteten, weil das Fleisch für die Menschen lebensnotwendig war. Allmählich wurde der Lauf seines Gewehres heiß, und zu seinen Füßen sammelten sich leere, rauchgeschwärzte Patronenhülsen.

Jedes Mal, wenn er schoss, stürzte einer der schweren Kolosse nieder. Es dauerte lange, bis die letzten Nachzügler der Herde vorbei waren und die Staubwolke sich senkte. Ein Dutzend Büffel lag vor Bud im Gras. Er ließ das Gewehr sinken und wischte sich mit beiden Händen den Pulverschleim aus dem Gesicht.

Von Portugee Philips und Uatanye war nichts zu sehen. Doch Bud hörte noch immer das dumpfe Krachen von Schüssen aus dem Norden, wo eben die letzten Bisons in einer flachen Bodensenke untergetaucht waren.

Bud ging zu seinem Pferd, das unruhig schnaubend im Schatten eines Cottonwoodbaumes stand. Es hatte den Kopf erhoben, seine Ohren spielten, seine Augen waren weit geöffnet, und seine Nüstern schnaubten leise. Wahrscheinlich hatten das Krachen der Schüsse, das Donnern der dahinstürmenden Herde und der Pulverrauch das Tier scheu gemacht.

Bud tätschelte ihm den Hals und sprach ruhig mit ihm, während er die Wasserflasche vom Sattelhorn nahm. Doch obwohl nun die letzten Schüsse verklungen waren und die Prärie in tiefsten Frieden gehüllt schien, wollte das Pferd sich nicht beruhigen.

Bud warf einen prüfenden Blick auf die waldbestandenen Hänge. Er hatte lange genug unter Indianern gelebt, um sich auf Pferde zu verstehen. Das Tier nahm mit seinen feinen Sinnen etwas wahr, das er weder sehen noch hören konnte.

Gerade setzte er die Wasserflasche an die Lippen, als das Pferd den Kopf so heftig hochwarf, dass die Trense klirrte. Es stieß ein entsetztes Wiehern aus. Ehe Bud ihm in die Zügel fallen konnte, preschte es nach Norden davon.

Bud hob den Kopf und sah zu der aus der Hügelflanke hervorstehenden Felszinne hinauf. Dort oben, im Schatten knorriger Kiefern, weiß wie Schnee in der Januarsonne, stand ein riesiger Wolf, der größte Wolf, den Bud je gesehen hatte. Seine Brust war breit. Er trug den Kopf tief, und sein Rachen war halb geöffnet. Bud sah die lange, rote Zunge, die zwischen den mörderischen, elfenbeinweißen Reißzähnen hervorhing. Die beryllgrünen Augen starrten auf den Jungen hinab, und dann ertönte ein lang

anhaltendes, knurrendes, rasselndes Fauchen, das tief aus der breiten Brust des Wolfes zu kommen schien. Der weiße Schädel duckte sich noch tiefer, und die Schulterblätter ragten buckelförmig unter dem zottigen Fell, als der Wolf sich zum Sprung bereit machte.

Bud sah wie gebannt in die funkelnden Lichter, die sogar bei Tag wie die Augen einer Katze zu leuchten schienen. Seine rechte Hand tastete nach dem Messer, ohne dass er den Wolf auch nur für einen Moment aus den Augen gelassen hätte.

Zwar wusste er, dass das Gewehr, das einige Schritte entfernt im Gras lag, seine einzige Rettung war. Doch er wusste auch, dass der Wolf ihn in der gleichen Sekunde anspringen würde, in der er ihm den Rücken zuwandte. Selten aber griffen Wölfe an, wenn man ihnen in die Augen sah.

Das Tier duckte sich noch tiefer, und seine Vorderpfoten schienen den richtigen Absprung zu suchen, wobei die linke Pfote sich nur langsam und zögernd bewegte. Bud hob den Arm, um den Ansprung des Wolfes abzuwehren. Im gleichen Moment näherte sich rascher Hufschlag. Der weiße Wolf wandte sich blitzschnell und lautlos wie ein Schatten um und verschwand zwischen den Kiefern.

Bud lief zu seinem Gewehr, hob es auf und wollte gerade den Hang hinaufstürmen, als Portugee Philips, der das Pferd des Jungen am Zügel führte, herangaloppierte.

„Was ist geschehen?" war seine erste Frage, als er sich aus dem Sattel schwang und auf Bud zukam. „Als ich dein Pferd mit leerem Sattel sah, fürchtete ich, du könntest

unter die Hufe der Büffel geraten sein." Er unterbrach sich, als er vor Bud stand, und nahm ihn bei beiden Schultern. „Was ist mit dir, Junge?" wollte er wissen. „Du bist so blass, als hättest du ein Gespenst gesehen. Antworte mir doch, Bud!"

Bud senkte den Blick auf das Gewehr. Er öffnete die Kammer und sah, dass nur eine leere Patronenhülse darin stak. Da ließ er die Waffe sinken und blickte zu dem besorgten Gesicht des Pelzhändlers auf.

„Ich habe ihn gesehen", sagte er verwirrt, und seine Stimme klang tonlos und heiser vor Aufregung.

Portugee Philips nahm ihn fester bei den Schultern. „Was hast du gesehen?" forschte er.

„Den Wolf. Er stand dort oben auf dem Felsen." Und Bud deutete mit einer Hand nach oben.

„Du meinst den weißen Wolf?" fragte Portugee Philips überrascht und nicht ganz überzeugt.

Bud nickte wortlos. Da schob der Pelzhändler seine Waschbärenmütze aus der Stirn.

„Büffelherden locken immer Wölfe an, die ein Kalb rauben wollen", murmelte er. „Aber sie kommen meist in

Rudeln von zwanzig oder mehr Tieren. Bist du wirklich sicher, dass es ein weißer Wolf war?"

Wieder bestand Buds ganze Antwort nur aus einem stummen Nicken. Portugee Philips rieb sich nachdenklich die Nase.

„Es könnte sich um einen Einzelgänger handeln", sagte er, „um einen Wolf, der von seinem Rudel ausgestoßen wurde. Das geschieht ab und zu, wenn ein Tier besonders

bösartig ist, oft aber auch nur deshalb, weil es anders aussieht als die anderen Wölfe des Rudels. Diese ausgestoßenen Tiere werden nicht selten besonders gefährlich, weil sie die dauernde Einsamkeit nicht ertragen. Es gibt ja auch Menschen, die ein wenig wirr im Kopf werden, wenn sie zu lange alleine waren. Und diese Wölfe sind oft von einer teuflischen Klugheit."

Bud schob eine neue Patrone in die Kammer seines Gewehres, ging zu seinem Pferd und schob die Waffe in den Sattelschuh. Der Pelzhändler folgte ihm langsam.

„Wohin willst du?" fragte er. „Den Wolf verfolgen? Das hat keinen Sinn, mein Junge. Ein Einzelgängerwolf kann sich überall verstecken. Du würdest ihn nicht finden. Außerdem könnten sich Siouxbanden hier herumtreiben. Aber vielleicht stoßen wir noch einmal auf den Wolf, wenn wir der Fährte der Büffel folgen, denn wenn er hungrig ist, wird er auch weiterhin in der Nähe der Herde bleiben, um ein Kalb zu reißen. Bud, Junge, bist du sicher, dass es der Wolf ist, den - nun, den du jagst?"

„Er lahmte auf der linken Vorderpfote."

Der Mann legte dem Jungen einen Arm um die schmalen Schultern. „Ich weiß genau, was du jetzt fühlst", sagte er. „Eines Tages wirst du diesen Wolf vielleicht zur Strecke bringen. Aber jetzt haben wir an Wichtigeres zu denken. Vergiss nicht: wir jagen Büffel, damit wir und die Soldaten in Fort Carrington im Winter nicht zu hungern brauchen. Versuche, ein paar Tage nicht an den Wolf zu denken, hörst du? Da kommt Mokassin-Charley zurück. Es ist an der Zeit, dass wir weiterreiten."

Bud sah den Cheyenne über die Prärie galoppieren und nahm die Zügel seines eigenen Pferdes auf. Portugee Philips hatte recht. Im Augenblick hatten sie an etwas anderes zu denken. Aber er würde hierher zurückkehren, das nahm er sich ganz fest vor. Er würde zurückkehren, und er würde den Wolf finden.

Doch es war schwer, nicht an den Wolf zu denken. Buds Gedanken kreisten unaufhörlich um die große, weiße Bestie.

An diesem Abend schlugen sie ihr Lager am Ufer des Crazy Woman Creek auf. Die erlegten Büffel hatten sie auf der Prärie liegen lassen, denn am nächsten Tag sollten Maultierwagen aus dem Fort kommen und das Fleisch holen.

Es war eine warme Herbstnacht. Das Feuer warf seinen düster glühenden Schein auf die Kiefernstämme. Zwischen den schweren, schwarzen Ästen schimmerten die Sterne hindurch, und die Nacht sprach mit tausend Stimmen. Im Schilf lärmten die Zikaden und Frösche, und aus der Ferne drang Wolfsgeheul herüber.

Sie hatten gegessen. Uatanye hatte die erste Nachtwache übernommen und war in der Dunkelheit verschwunden. Bud und Portugee Philips lagen in ihren Decken neben dem knisternden, harzsprühenden Feuer. Der Pelzhändler schnitt einen Tabakpriem zurecht und schob ihn in die Backentasche.

„Du denkst noch immer an den Wolf, nicht wahr?" brach er auf einmal das Schweigen. „Ich kann dich gut verstehen, Bud. Aber ich will dir etwas sagen, was ich noch zu keinem Menschen gesagt habe. Wer zu sehr mit dem Gedanken an seine Rache und dem Hass auf irgendein Lebewesen, gleich ob Mensch oder Tier, beschäftigt ist, wird blind für alles andere, so dass er schließlich selbst zu Schaden kommt. Denke immer daran. Und denke auch daran, dass es im Leben jedes Menschen einen weißen Wolf gibt. Nicht einen

51

wirklichen Wolf; aber etwas Böses, von dem er glaubt, er könne es nie verwinden. Aber jede Sekunde, jeder Augenblick des Lebens ist zu kostbar und zu wertvoll, um mit dem Gedanken an Hass und Rache verschwendet zu werden. Das ist eine Wahrheit, die ich bisher noch an keinen anderen Menschen weitergeben konnte. Mag sein, man muss erst alt und grauhaarig werden, um das zu begreifen. Bud, mein Leben währt nicht mehr sehr lange. Deines aber liegt noch vor dir, und deshalb möchte ich nicht, dass der Gedanke an diesen Wolf dich immer weiterverfolgt. Die Welt ist zu schön, um nur mit Augen gesehen zu werden, die nichts anderes erkennen als das Schlechte. Zum Schluss, Bud, vernichtet sich das Böse immer selbst. Es ist eine uralte Wahrheit, dass schließlich immer das Gute über das Böse siegt. Wenn du mich jetzt aber fragst, warum das so ist, muss ich dir gestehen, dass ich es nicht weiß. In der Bibel -und dein Vater hat dich gelehrt, die Bibel zu lesen - steht: Mein ist die Rache, spricht der Herr. Ich will vergelten! Vielleicht ist das des Rätsels Lösung. Glaube mir, am Ende wird alle Schuld gesühnt, und das Böse vernichtet sich selbst."

„Aber ist es auch recht, dass die Uaschitschun-Soldaten den Sioux ihr Land stehlen?" fragte Bud nach einem Augenblick des Nachdenkens. Er richtete sich auf einem Ellenbogen auf und sah zu Portugee Philips hinüber.

„Ich weiß, dass viel Unrecht geschieht, Bud, mein Junge.

Aber das Böse vergeht wie Stroh im Feuer, und aus seiner Asche entsteht irgendetwas Gutes. Ich erzähle dir das, weil dein Vater mein bester Freund und Partner war und ich genau weiß, dass er das gleiche zu dir sagen würde, wenn er es noch könnte."

Er spuckte einen Strahl Tabaksaft ins Feuer, und im Licht der Flammen nahm sein bärtiges Gesicht einen gütigen Ausdruck an, wie Bud ihn nur von seinem Vater in Erinnerung hatte.

„Versuch jetzt zu schlafen!" sagte der Pelzhändler und fuhr ihm mit der Hand durch das Haar. „Morgen in aller

Frühe, bevor noch die Sonne aufgeht, brechen wir auf und verfolgen die Büffel."

Stumm wickelte sich Bud in seine Decken und zog den als Kopfkissen dienenden Sattel näher heran. Im gleichen Moment war es, als verstummten alle Geräusche der nächtlichen Natur. Selbst die Grillen im Schilf schwiegen.

Dafür vernahm Bud ein neues Geräusch. Es war ein Laut, den er hundertmal gehört, wenn er im Zelt seines Vaters mitten im Lager der Hunkpapa gelegen hatte. Es war das rhythmische, hämmernde Dröhnen der Medizintrommeln, das wie der Schlag eines riesigen Herzens klang.

Im gleichen Moment tauchte Uatanye, in seine Decke gehüllt, den Karabiner im Arm, aus der Nacht auf. Ohne ein Wort zu verlieren, nahm er die Kaffeekanne und goss ihren Inhalt in das Feuer, das zischend erlosch. Im ungewissen Sternenlicht stieg eine dünne Rauchsäule aus der Asche auf.

Der Cheyenne kauerte sich neben dem Lager des Pelzhändlers auf die Erde und zog seine Decke enger um die Schultern.

„Viele Feuer", sagte er und bedeutete in der stummen Zeichensprache der Prärieindianer, dass die Feuer zwischen den Hügeln im Westen brannten. „Die Sioux machen großes Hmunka, große Medizin. Sitting Bull leitet den Sonnentanz."

Portugee Philips richtete sich rasch auf. „Du behauptest, sie tanzen den Sonnentanz bei Nacht?"

„Der Sonnentanz dauert drei Tage und Nächte. Es ist eine große, heilige Zeremonie. Die Sioux opfern ihr Blut, um von Wakan Tanka den Sieg über die Uaschitschun-Soldaten zu erflehen."

„Wenn du recht behältst, Mokassin-Charley, dann geht Fort Carrington unruhigen Zeiten entgegen. Wie viele Siouxstämme, glaubst du, haben sich zu dieser Zeremonie eingefunden?"

Uatanye spreizte die beiden ersten Finger der rechten Hand und führte sie von seinen Augen nach Westen.

„Du meinst, wir sollen hingehen und uns überzeugen?" fragte der Pelzhändler unbehaglich. Der Cheyenne nickte und fuhr fort, Zeichen zu machen.

„Wir riskieren dabei unsere Skalps. Aber gut, wir werden es versuchen. Wir könnten Colonel Carrington einen genauen Bericht über die Stärke der Sioux liefern. Bud, du bleibst, bis wir zurückkommen, bei den Maultieren im Lager. Hast du verstanden?"

„Ich gehe mit", widersprach Bud. „Ich kenne jeden Wasserlauf, jeden Stein und jeden Baum in diesem Gebiet."

Portugee Philips sah ihn unentschlossen an. „Du bist ein hartnäckiger Bursche", sagte er schließlich. „Ich würde dich lieber hier zurücklassen, doch du wärst imstande, uns heimlich zu folgen. Und da scheint es mir besser, wenn du bei uns bleibst. Pack deine Sachen zusammen, sattle dein Pferd und hilf Uatanye, die Maultiere zu beladen."

Hastig machte sich Bud daran, seine Schlafdecken zusammenzurollen und sein Pferd zu satteln. Danach half er Uatanye, die schweren Packsättel auf die Rücken der Maultiere zu heben. Die Tiere waren noch müde von den Anstrengungen des vergangenen Tages und ließen scheinbar willenlos alles mit sich geschehen, obwohl sie sonst regelmäßig zu bocken pflegten, wenn sie das Gewicht der Packsättel auf dem Rücken spürten.

Wenige Minuten später ritten die beiden Männer und der Junge, in Abständen von zehn Schritten, nach Westen. Kiefernstämme knarrten leise im Wind, und ab und zu stieß ein Hufeisen gegen einen aus dem Boden ragenden Stein.

Im Sternenlicht sahen die Wälder schwarz und starr aus. Die weißen Sterne nächtlich blühender Cereen leuchteten geisterhaft aus der Dunkelheit. Längst erklang aus dem Schilf, das am Flussufer wucherte, wieder das Zirpen der Grillen. Doch das ferne Dröhnen der Trommeln übertönte all diese Geräusche.

Nach einer Weile verließ Portugee Philips das Ufer des Flusses, und Bud und der Cheyenne folgten ihm. Sie trieben ihre Pferde einen steilen Hang hinauf, ritten durch knisterndes Salbeigestrüpp und tauchten wieder in das tiefe, weiche Dunkel des Waldes.

Bud hielt sich jetzt dicht hinter dem Pelzhändler, um ihn nicht aus den Augen zu verlieren. Er hatte erst einmal in seinem Leben einen Siouxsonnentanz erlebt, und das war so lange her, dass seine Erinnerung daran vollkommen verblasst war. Er wusste aber aus den Erzählungen seines Vaters, dass der Sonnentanz die größte Zeremonie der sieben Siouxstämme war und dass sie nur sehr selten, meist vor Beginn großer Kriegszüge, von den Medizinmännern abgehalten wurde.

Unwillkürlich drückte Bud seinem Pferd die Mokassinfersen fester in die Weichen und schnalzte leise mit der Zunge.

Plötzlich zügelte Portugee Philips seinen Braunen und hob warnend die rechte Hand.

„Wir lassen die Pferde hier zurück und gehen zu Fuß weiter", sagte er leise und schwang sich aus dem Sattel.

Bud und Uatanye folgten seinem Beispiel und verknoteten die Zügelriemen an den Zweigen eines Busches.

# DER SONNENTANZ

Das Dröhnen der Trommeln, verursacht von vielen Händen, die im gleichen Rhythmus auf die straffgespannte Lederhaut schlugen, war nun ganz nahe. Bud fühlte, dass ihm das Atmen schwer wurde.

Sie hatten die Pferde zurückgelassen und stiegen nun, lautlos wie Schatten, zwischen den stark riechenden Stämmen der Kiefern hügelan. Vor ihnen schien der Nachthimmel im Widerschein der noch unsichtbaren Feuer zu glühen.

Bud, der sich dicht hinter Portugee Philips hielt, duckte sich rasch, als der Pelzhändler ihm ein Zeichen mit der Hand gab. Er presste sich so hart gegen die Erde, dass er mit dem Schatten der Bäume verschmolz. Auf dem Nadelboden des Waldes fühlte er das Hämmern seines Herzens.

Sekundenlang geschah nichts, doch dann löste sich die Gestalt eines Sioux aus der Dunkelheit. Mondlicht fiel in breitem Strahl auf ihn. Er war ein großer Krieger, der von den Schultern bis zu den Knien in eine schwarze Wolldecke der Hudson Bay Company gehüllt war. Sein Gesicht war so mit weißer Farbe bemalt, dass die Augen darin wie schwarze Höhlen wirkten. Ein Hirschschwanzkamm mit einer einzelnen Adlerfeder wippte auf seinem Kopf, und das Mondlicht glänzte auf dem Lauf des Winchesterkarabiners, der in seiner linken Armbeuge lag. Seine Mokassins verursachten nicht das geringste Geräusch, als er näherkam und so dicht vor Bud stehenblieb, dass dieser ihn mit der ausgestreckten Hand hätte berühren können.

Er blickte sich um, trat dann in den Schatten zurück, und Bud sah ihn gleich darauf den Hang entlanggehen. Sie warteten, bis er verschwunden war, dann gab Portugee Philips erneut ein Zeichen. Geduckt huschten die drei zum Kamm des Hügels hinauf und warfen sich zwischen den Salbeibüschen nieder.

Vorsichtig bog Bud die Zweige auseinander und blickte in ein weitläufiges Hügeltal hinunter, in dem ungezählte Feuer loderten und flackernden Lichtschein verbreiteten.

Nur einmal in seinem Leben, während der Beratung von Laramie, hatte er so viele Zelte an einem Ort beisammen gesehen.

Nach drei Seiten verloren sich die von den Flammen beleuchteten Tipis in der Dunkelheit. Am Rande des Dorfes aber, fast genau unterhalb des Hügels, auf dem die drei lagen, breitete sich ein gewaltiger, freier Platz aus, um den ringförmig wohl mehr als zwanzig große Feuer brannten.

Gebannt sah Bud auf das barbarische, wilde, farbenprächtige und unheimliche Bild hinab.

Im Ring der Feuer befand sich ein zweiter, der aus senkrecht in die Erde gesteckten Büffelpfeilen bestand. Dieser Kreis war das Sinnbild des heiligen Rings des ganzen Siouxvolkes. Genau in der Mitte erhob sich ein riesiger, rot und schwarz bemalter Pfahl. Dies war der heilige Pfahl aus dem Holz des Uagatschun, des Baumwollbaumes. Die rote Farbe war für die Sioux das Sinnbild der Straße des Guten, die von Norden, wo die Riesen wohnten, nach Süden führte. Schwarz aber war die Straße des

Krieges zwischen dem Westen, wo die Donnerwesen lebten, und dem Osten, wo die Sonne aufgeht.

Rings um den Pfahl standen zehn Hunkpapakrieger. Die Medizinmänner hatten ihnen zwei dicht beieinander liegende Einschnitte auf der Brust gemacht, so dass ein langer Riemen aus ungegerbter Büffelhaut durch die Wunde gezogen werden konnte. Diese Riemen wurden am heiligen Pfahl befestigt, und die Krieger mussten sich zurücklehnen, bis sie straff gespannt waren. So mussten sie stehen, bis sie vor Erschöpfung die Besinnung verloren. Auch aus Wunden an ihren Rücken hingen Lederriemen, an denen weißgebleichte Büffelschädel hingen.

An den Feuern saßen die Medizinmänner in ihren barbarischen Trachten und schlugen die Trommeln. In weitem Kreis saßen die Häuptlinge um den Tanzplatz, und die weißen Adlerfedern ihrer Kriegshauben leuchteten im Feuerschein.

Das schrille Kreischen von Adlerknochenpfeifen und das Rasseln der Medizinklappern mischte sich mit dem Dröhnen der Trommeln.

„Hier sind alle Häuptlinge versammelt, die bei der Beratung von Fort Laramie dabei waren", flüsterte Portugee Philips und schob den Kautabak in die andere Backentasche. „Der Bursche mit der Fellhaube und den Bisonhörnern auf dem Kopf ist Sitting Bull, der größte Medizinmann der Sioux. Und der Krieger im schwarzen Wolfsfell, der aussieht wie eine halbverhungerte Cheyennesquaw, ist kein geringerer als Tolles Pferd. Und dort: Rote Wolke, Weißer Büffel, Kriegsadler, Schwarzer

Schild. Sie scheinen noch vor Anbruch des Winters einen Angriff auf Fort Carrington zu planen, sonst hätten sie nicht so viele Krieger hier zusammengezogen. Lange kann eine so große Zahl von Tipis nicht an einem Ort stehen, ohne dass das Wild in der Umgebung knapp zu werden beginnt. Das heißt, dass es wahrscheinlich schon in den nächsten Tagen soweit ist. Was meinst du, Mokassin-Charley?"

Uatanye nickte zustimmend, wandte aber keinen Blick von der Sonnentanzzeremonie.

„Bis auf die Two Kettles und die Schwarzfuß-Sioux sind alle Stämme der sieben Ratsfeuer hier versammelt", murmelte der Pelzhändler. „Ich glaube, wir sollten zurückreiten und die Soldaten in Fort Carrington warnen. Vorbei ist's mit der friedlichen Büffeljagd. Sobald die Sioux ihren Sonnentanz beendet haben, werden sie uns jagen."

Er nickte Bud und dem Cheyenne zu. Vorsichtig krochen sie zurück, bis sie den Hang erreicht hatten. Sie sahen sich nach dem Posten um und huschten dann, als sie ihn nirgendwo entdecken konnten, hügelabwärts, bis sie die ersten Bäume erreicht hatten.

„Jetzt heißt es schnell reiten", sagte Portugee Philips leise. „Wir nehmen den Weg zum Pulverfluss und dann an seinem Ufer entlang. Wir müssen das Fort so rasch wie möglich erreichen, gleichgültig, ob die Pferde zusammenbrechen, wenn wir am Ziel sind. Und wenn es gar nicht anders geht, müssen wir eben die Maultiere zurücklassen.

Bud öffnete den Mund, um etwas zu erwidern, doch im gleichen Augenblick legte sich die große, breite Hand des Pelzhändlers auf seine Lippen und erstickte jeden Laut. Keinen Augenblick zu früh.

Der Wächter tauchte lautlos aus dem Dunkel zwischen den Baumstämmen auf und kam näher. Portugee Philips zog Bud mit sich zu Boden.

Der Indianer war kaum noch zehn Schritte entfernt, als er plötzlich stehenblieb und sich umdrehte. Selbst durch das Dröhnen der Medizintrommeln war das Schnauben und Scharren eines Maultiers zu hören.

Buds Herz begann plötzlich zu hämmern. Er wusste ja, dass ihre Pferde und Maultiere keine zwanzig Schritte entfernt zwischen den Kiefern standen. Wenn der Wachtposten sie fand, würde sein Alarmschrei oder ein einziger Schuss aus seinem Karabiner genügen, um Hunderte von Siouxkriegern auf ihre Ponys zu jagen, und dann würden Portugee Philips, der Cheyenne und er selbst, Bud, keine Meile weit kommen. Ihre Skalpe würden noch in dieser Nacht an der Räucherstange eines Siouxtipis trocknen.

Der Pelzhändler hob, während er Bud festhielt, mit der rechten Hand das Gewehr. Der Lauf drückte hart gegen Buds Schulter; die Mündung deutete auf den Sioux, der sich bei dem Geräusch, das das Muli verursachte, blitzschnell umgedreht hatte.

Doch da tauchte Uatanyes Hand vor Buds Gesicht auf und drückte den Gewehrlauf herunter. Der Cheyenne stieß ein kaum hörbares, warnendes Zischen aus, bückte sich und zog etwas aus dem mit buntgefärbten Stachelschweinborsten verzierten ledernen Beinling, der ihm vom Knöchel bis zum Knie hinaufreichte.

Als er sich wieder aufrichtete, schimmerte die breite Klinge eines Messers in seiner Hand.

Die Winchester schussbereit in beiden Händen, bewegte sich der Wächter auf die Bäume zu, hinter denen die Tiere angeleint waren. In dem Augenblick aber, in dem er die Stelle erreichte, wo unter den tiefhängenden Ästen bleiches Mondlicht und schwarze Schatten aneinandergrenzten, holte Uatanyes Arm weit aus und schnellte nach vom. Bud sah einen silbernen Blitz in der dunklen Nachtluft. Der Wachtposten schien zu stolpern, fiel gegen einen Kiefernstamm und sank in sich zusammen.

„Schnell jetzt!" raunte Portugee Philips, und sie liefen zu ihren Pferden zurück. Uatanye holte sein Messer und stieß die Klinge ein paarmal in die weiche Walderde.

„Wenn sie den Wächter finden, wird es im Lager der Sioux zu kochen beginnen, wie in einem Hornissennest, in das man einen Stock gestoßen hat", sagte der Pelzhändler, als er sein Gewehr in den Sattelschuh schob und den Bauchgurt seines Braunen fester anzog.

Der Cheyenne steckte sein Messer wieder in den Beinling und knotete die langen Zügelleinen der Maultiere auf.

„Die Nacht ist unser Freund", erwiderte er. „Wir werden schnell reiten. Bevor Holos, die Sonne, aufgeht, haben wir den Pulverfluss erreicht, reiten im Wasser weiter und verwischen damit unsere Spuren. Niemand vermag einer Fährte zu folgen, die das Wasser weggeschwemmt hat.

Der Sonnentanz wird noch bis zum Tagesanbruch dauern, und erst wenn er beendet ist, werden die Sioux nach Osten reiten, um die Uaschitschun-Soldaten anzugreifen."

Fast eine halbe Meile weit führten sie die Tiere am Zügel. Erst als sie sicher waren, sich weit genug vom Indianerlager entfernt zu haben, saßen sie auf und ritten im Galopp durch die Nacht.

Bud taten die Pferde leid, deren Atem schon nach kurzer Zeit in ein scharfes, keuchendes Husten überging. Doch viele Menschenleben standen auf dem Spiel, und alles hing davon ab, dass sie Fort Carrington bald erreichten.

In dieser Nacht ritten sie hart und gönnten den Tieren nur ab und zu eine kurze Ruhepause. Doch als sich das erste Morgenlicht mit zarten Farbtönen über den Paha Sapa, den heiligen Schwarzen Hügeln, ankündigte, hatten sie den Pulverfluss erreicht. Das Flussbett war von ziehenden, dampfenden Nebelschwaden erfüllt, die im ersten Sonnenstrahl wie flüssiges Gold leuchteten.

Die drei Reiter drängten ihre Pferde ins Wasser. Der Fluss ging hoch, und die erschöpften Tiere hatten kaum Kraft genug, sich gegen die schmutzig gelben Fluten zu stemmen. Als die Sonne eine Handbreit über dem Horizont stand, verließen sie das schlammig trüb dahinströmende Wasser und ritten über kurzes Büffelgras.

Die Felle der Pferde waren dunkel von Schweiß, und Schaum troff den Tieren in großen Flocken von den Lefzen, als sie mit hängenden Köpfen dem Flusslauf nach Süden folgten.

# DER KAMPF AM PULVERFLUSS

Als die Sonne höher stieg und die Luft immer wärmer wurde, verließen sie das schattenlose Flussbett und ritten zwischen bewaldeten Hügelrücken weiter. Tiefer Friede schien über dem Siouxland zu liegen. Die Stille wurde nur ab und zu unterbrochen, wenn vor den Reitern ein Schwarm Scheos, Präriehühner, mit knatterndem Flügelschlag aufstob. An schmalen Wasserläufen standen große Rudel riesiger Wapitihirsche, die von den Sioux Hächaka Sapa genannt wurden, und mehr als einmal kreuzten in der Ferne Wölfe ihren Weg. Doch es waren nur kleine, graue Tiere, die mit heraushängenden Zungen irgendwelchen Wildfährten folgten.

Bud hatte keine Hoffnung, so nahe dem Fort auf den weißen Wolf zu stoßen. Aber er hielt, da er als letzter ritt und die Maultiere führte, von Zeit zu Zeit sein Pferd an, wandte sich im Sattel um und sah zurück, ob ihnen jemand folgte. Doch er sah nichts als die dunklen Wälder und die im Sonnenschein blühende Prärie. Es war, als gebe es außer ihnen kein menschliches Wesen auf der Welt. In dieser Stille kehrten seine Gedanken immer wieder in die Vergangenheit zurück, und er sah sich mit seinem Vater durch die Tetontäler reiten. Je länger sie nach Süden ritten, ohne ein Wort zu sprechen, desto stärker bedrängten ihn diese Gedanken.

Auf einmal — die Sonne hatte ihren höchsten Stand bereits überschritten und senkte sich den westlichen Bergen zu — hielt Portugee Philips an der Spitze der kleinen Kavalkade unvermittelt sein Pferd an und richtete sich lauschend in den Steigbügeln auf.

Der Wind trug aus der Ferne ein Geräusch herüber. Es klang, als explodiere jenseits der fernen, bewaldeten Hügel ein Paket winziger Knallerbsen.

„Das sind Schüsse!" stellte der Pelzhändler halblaut fest und blickte aus zusammengekniffenen Augen, die Stirn in Falten gelegt, nach Süden. „Sollten uns die Sioux zuvorgekommen sein? Vorwärts!"

Und nach Kavallerieart stieß er die geballte rechte Hand dreimal in die Höhe, um das Zeichen zum Antraben zu geben. Im Galopp preschten die drei Reiter über die Prärie. Bud hatte alle Mühe, sich dicht hinter Portugee Philips und dem Cheyenne zu halten, denn die Maultiere, die er an langen Leinen hinter sich herzog, waren weniger schnell als die Pferde.

Rasch näherten sie sich den Hügeln und trieben die Tiere hinauf, wobei sie sich in den Sätteln weit nach vorne neigten, um den Pferden die nötige Hilfe zu geben. Keuchend, die Rücken gekrümmt, die Köpfe vorgestreckt, arbeiteten sich die Tiere zum Kamm hinauf, der von verkrüppelten Kiefern überwuchert war. In der ganzen Umgebung zeugten frische, weiße Baumstümpfe davon, dass die Soldaten von Fort Carrington hier Holz für die Palisaden, Quartiere und Pferdeställe geschlagen hatten.

Kaum hielt Bud auf dem Hügelkamm, da wusste er auch schon, dass sie zu spät gekommen waren.

Dort unten standen drei schwere, zum Teil schon beladene Holzwagen, jeder mit sechs kräftigen Maultieren bespannt. Doch diese Mulis konnten die Wagen nicht mehr ziehen, denn sie lagen mit steif hochgereckten Beinen neben den Deichseln. In ihren Leibern staken Siouxpfeile.

Die Soldaten des Holzkommandos lagen hinter ihren Wagen und feuerten aus den Armeekarabinern auf die halbnackten, federbehangenen Reiter, die die Holzfuhrwerke umschwärmten.

Die Sioux kämpften, indem sie sich tief über die flatternden Mähnen ihrer Ponys neigten oder sich auf die dem Feind abgewandte Seite ihrer Reittiere gleiten ließen. Unter den Pferdehälsen hindurch schossen sie mit ihren kurzen Kriegsbogen oder ihren Gewehren auf die Soldaten.

Weiße Adlerfedern und bemalte Büffelhautschilde leuchteten in der Sonne. Staub und Pulverdampf schienen zu kochen, und überall waren berittene Indianer zu sehen.

Leutnant Grummond stand mit rotem, schweißüberströmtem Gesicht neben dem Bock des ersten Holzwagens und feuerte aus einem langläufigen Dragonercolt auf die Sioux, die unter gellendem Geschrei an ihm vorbei jagten. Dicht neben ihm fuhren mehrere Pfeile in die Bordwand des Wagens. Bud sah ihn niederknien, die leeren Patronenhülsen aus den Kammern seines Revolvers stoßen und die Waffe neu laden.

Das Krachen der schweren Armeekarabiner peitschte die Luft. Ein Soldat in orangefarbenem Unterhemd, mit baumelnden Hosenträgern, bemühte sich, eine schwere, eisenbeschlagene Munitionskiste zu dem Wagen zu

schleppen, hinter dem Leutnant Grummond kauerte. Doch bevor er die Deckung erreicht hatte, stolperte er und fiel über die Kiste. Aus seinem Rücken ragte der federbehangene Schaft einer Siouxlanze.

Bud konnte vom Rücken seines Pferdes kaum noch zwei Dutzend Soldaten entdecken, die, zwischen den Wagenrädern liegend und kniend, ununterbrochen luden und schossen. Doch ringsumher lagen Soldaten, Indianer, Maultiere und bemalte Kriegspferde regungslos im Büffelgras.

Bud fühlte, wie sich seine Kehle verkrampfte, als er den Kampf beobachtete. Das war es gewesen, was Portugee Philips, Jim Bridger und all die anderen alten, erfahrenen Grenzer hatten vermeiden wollen. Das unsinnige Beharren der Armee auf einer Straße durch das Siouxgebiet hatte es heraufbeschworen. Männer wie Captain Fetterman und Colonel Carrington, die die Indianer nicht verstanden, weil sie niemals versucht hatten, sie zu verstehen, trugen die Schuld am Ausbruch des Siouxaufstandes.

Unten im Hügeltal donnerten noch immer die schweren Gewehre der Soldaten. Ein bemaltes Siouxpferd, in dessen Mähne und Schweif Federn und bunte Stoffstreifen eingeflochten waren, brach, von Schüssen getroffen, zusammen. Sein Reiter wurde abgeworfen, kam aber gleich wieder auf die Füße und stürzte sich mit geschwungenem Tomahawk auf Leutnant Grummond, der seinen Revolver fallen ließ und nach dem Säbel griff.

Mehr konnte Bud nicht sehen, denn Staub und Pulverrauch waren so dicht geworden, dass sie wie Nebel über der Senke hingen. Nur das Peitschen von Schüssen und das Wiehern getroffener Pferde war noch zu hören.

Da mischte sich plötzlich ein neuer Ton in den Lärm des erbitterten Kampfes. Es war das helle, durchdringende Schmettern einer Trompete. Bud wandte sich im Sattel zur Seite.

Es war die Kavallerie. In zwei lang auseinandergezogenen Reihen donnerte eine Eskadron über die Prärie. Glitzernde Bogen von Stahl funkelten in der Sonne, als die Soldaten mit gegen den Feind gerichteten Säbeln zur Attacke ritten. Noch immer schmetterte die Trompete, und Bud erkannte den Hornisten, der an Captain Fettermans Seite ritt. Es war Jonas Gilpin.

Ein rauer Hurraruf stieg von den Wagen des Holzkommandos auf. Die Sioux ritten ein Stück zurück und sammelten sich. Offenbar wussten sie nicht, was sie tun sollten. Dann aber hob einer der Reiter, der eine gehörnte und mit einer langen Federschleppe versehene Fellhaube trug, die Hand mit der Lanze.

„Hoka hey!" hörte Bud seinen schrillen Ruf. Die Siouxbande riss ihre Pferde herum und jagte vor der attackierenden Kavallerieeskadron her den nächsten Hügelhang hinauf.

Bud sah die Krieger genau auf sich zukommen. „Dort hinüber!" rief Portugee Philips und deutete nach rechts. Mit verhängten Zügeln jagten sie auf dem Kamm dahin. Bud zog noch immer die erschöpften Maultiere hinter sich her, obwohl es vernünftiger gewesen wäre, sie laufenzulassen.

Da tauchte vor ihnen eine weitere Indianerhorde auf. Portugee Philips riss sein Pferd herum und zwang es, den Hang hinabzustürmen. Die Sioux ritten hinter ihm und Uatanye her.

Bud sah, dass ihm der Weg in die Senke und zu den Soldaten versperrt war. Zu seiner Linken, zu seiner Rechten und vor ihm waren schreiende Kriegerbanden.

Sein Pferd scheute und versuchte auszubrechen, als er es herumwarf und den einzigen Weg einschlug, der ihm noch offenblieb; er ritt mit den Lastmaultieren den Weg zurück, auf dem er gekommen war, preschte eine Hügelflanke hinunter, durchquerte eine schmale Senke und ritt die gegenüberliegende Steigung hinauf. Und die ganze Zeit über hielt er die Maultierleinen fest in einer Hand.

Als er sein Pferd zwischen wilden Wacholderbüschen zügelte, war von Portugee Philips und Uatanye nichts mehr zu sehen. Dafür sah er die Siouxhorden wie eine Sturzwelle über den Hügelkamm fliehen, den er erst vor wenigen Augenblicken verlassen hatte. Es mochten mehr als hundert Krieger sein, und sie kamen direkt auf ihn zu. Er wusste nicht, ob sie ihn gesehen hatten; auf keinen Fall aber wollte er warten, um das herauszufinden.

Schnell wickelte er die langen Zügel der Lastmulis um sein Sattelhorn, stieß dem schäumenden Pferd die Mokassinfersen in die Weichen und trieb es mit einem Schrei an. Es warf den Kopf hoch, und Bud spürte, wie sein muskulöser Körper unter dem Sattel zu arbeiten begann.

Er ritt nach Norden, denn sein Instinkt sagte ihm, dass viele Indianer noch immer die Hügel in der Umgebung des Holzkommandos durchstreiften und dass er ihnen genau in die Arme laufen würde, wenn er einen Versuch unternahm, zu den Soldaten zu gelangen.

In den bewaldeten Hügeln zwischen dem Neunmeilenfluss und dem südlichen Arm des Crazy Woman Creek aber würde er so lange sicher sein, bis er eine Möglichkeit fand, nach Fort Carrington zurückzukehren.

Eine Stunde später sah er die große Kriegshorde in der Ferne auftauchen. An der Haltung, in der manche der Reiter auf den Pferderücken saßen, erkannte Bud, dass die Sioux viele Verwundete hatten. Die Sättel einiger Tiere, die in der

Kavalkade mitgeführt wurden, waren leer. Schweigend verschwand der Zug in einer Senke.

„Heute Nacht wird es ruhig bleiben", sagte Bud zu seinem Pferd und tätschelte ihm den Hals. „Die Medizinmänner der Sioux werden genug damit zu tun haben, die Fiebergeister von den Verwundeten fernzuhalten."

Und da sowohl das Pferd als auch die Maultiere vollkommen erschöpft waren, machte er sich auf die Suche nach einem geeigneten Lagerplatz für die Nacht.

Als die Sonne sich anschickte unterzugehen und den Himmel in ein rotgoldenes Flammenmeer verwandelte, vor dem die Kiefern auf den Bergrücken dunkel und geheimnisvoll aufragten, schlug Bud sein Lager in den östlichen Ausläufern der Big-Horn-Berge auf. Er hatte sich einen kleinen, versteckt liegenden Talkessel ausgesucht, der ringsherum von steilen Felswänden umgeben war und dessen einziger Zugang gut hinter Baumwollsträuchern versteckt war.

Der Boden des Talkessels war mit saftigem Büffelgras bestanden, und so ließ Bud das Pferd und die Maultiere frei, nachdem er sie mit Gras abgerieben hatte. Friedlich weidend zogen sie am Fuß der Felswände entlang, die sich nach oben in der Dunkelheit verloren.

Inzwischen machte sich Bud daran, nachzusehen, was in den Alforjas, den ledernen Packtaschen der Maultiere, war. Er fand alles, was er brauchte. Der größte Teil der Vorräte, die Portugee Philips zur Büffeljagd mitgenommen hatte, befand sich, noch unangetastet, in den schweren Säcken. Da gab es Leinenbeutel mit Mehl, Zucker, Reis und Kaffee, dazu Speck und Dörrfleisch, einen großen Schlauch Wasser, die eiserne Bratpfanne, die Kaffeekanne, eine Axt, einen kleinen Spaten und ein aufgerolltes Lasso, Lederriemen, um die Vorderbeine der Pferde und Mulis zu fesseln, mehrere Schachteln Patronen und sogar einen Sack Mais für die Pferde. Bud wusste nun, dass er den Hunger nicht zu fürchten brauchte.

Er entzündete ein Feuer, für das er außerhalb des Talkessels trockenes Holz gesammelt hatte. Trockenes Holz raucht weniger als feuchtes, und nur der Rauch seines Feuers konnte ihn verraten. Er schichtete das Holz sorgfältig auf, setzte die Pfanne darüber, briet ein paar Scheiben Speck und kochte Kaffee, der bei den Sioux Päschuta sapa, Schwarze Medizin, genannt wurde. Während das Feuer flackerte, überlegte Bud, was nun zu tun war.

Er hoffte, dass der weiße Wolf noch in der Nähe war. Viel Zeit, das Tier zur Strecke zu bringen, blieb ihm nicht mehr. Es war die Zeit des Indianersommers. Nicht mehr lange, und der Winter würde hereinbrechen. Die Winter im nördlichen Büffelland aber waren hart und grimmig kalt.

Während er in die tanzenden Flammen blickte und aus der Ferne das kläffende Heulen der Wölfe zu ihm drang, dachte er über das nach, was Portugee Philips zu ihm gesagt hatte. Vielleicht hatte er sogar recht gehabt, als er behauptete, dass das Böse sich schließlich selbst vernichte.

Trotzdem war er, Bud, nicht imstande, an etwas anderes zu denken als an den weißen Wolf, den Mörder mit den heimtückischen, grünen Augen und den tödlichen Zähnen. In diesem Moment begriff er, dass auch der Weiße Büffel recht gehabt hatte, als er sagte, dass Bud niemals Ruhe finden werde, bevor er diesen Wolf erlegt habe. Vielleicht war dies das Erbe des Siouxblutes, das heiß in seinen Adern rollte.

Der Talkessel war ein gutes Lager, und zum Fort zurückzukehren war ohnehin zu gefährlich, denn die ganze Umgebung würde wahrscheinlich von Indianerhorden durchstreift werden.

Außerdem, so fragte er sich, wollte er überhaupt nach Fort Carrington zurückreiten? Wahrheitsgemäß musste er eingestehen, dass er lieber in der Prärie blieb. Zwar machte er sich Sorgen um Portugee Philips, der wie ein Vater für ihn gesorgt hatte, aber er war sicher, dass der Pelzhändler den Sioux entkommen war. Wahrscheinlich saß er gerade jetzt in seinem Zelt im Fort und ärgerte sich darüber, dass der Aufstand der Sioux ihn daran hinderte, seinen Pelzgeschäften nachzugehen.

Dieser Gedanke war es, der den Ausschlag gab. Bud war nun fest entschlossen, nicht zurückzukehren. Er konnte den Herbst in den Bergen, Wäldern und der Prärie zubringen, und selbst der Winter schreckte ihn nicht, denn er hatte gelernt, sich am Leben zu erhalten.

Als er diesen Entschluss gefasst hatte, fiel ihm eine schwere Last vom Herzen. Jetzt wusste er, was er zu tun hatte. Hungrig machte er sich nun über den wunderbar duftenden, gebratenen Speck her und wickelte sich dann in seine Schlafdecken. Das Gewehr dicht neben sich, legte er sich am Fuß einer Felswand nieder, rückte den Sattel unter dem Kopf zurecht und war eingeschlafen, bevor noch die letzten Flammen des Lagerfeuers in sich zusammengesunken waren.

# PRÄRIEWINTER

Tag reihte sich an Tag und Woche an Woche. Unentwegt ritt Bud durch die Big-Horn-Berge. Er durchstreifte jedes Flusstal und jedes Waldstück, ohne auch nur eine Spur des weißen Wolfes zu finden. Nur selten sah er Gruppen von Siouxindianern, die mit beladenen Packpferden nach Westen zogen, denn alle Stämme der sieben Ratsfeuer hatten sich in einem großen Lager am Pulverfluss vereinigt.

Der Herbst kam, und die Prärie lag fahl und gelbgefleckt unter dem hohen, blauen Himmel. Auf den Felsenbergen verdorrten die Knorreichen, und in den dunklen Fichtenwaldungen leuchteten die Tupfen purpur- und gelbschimmernder Espen. Birkenzweige hingen wie blass goldene Schleier, und oft, wenn Bud am Morgen erwachte, mischten sich in die eisengrauen Bergzinnen über ihm weiße Streifen auf Felsbändern - Schnee.

Stürme jagten über das Land, und wenn sie für einen Augenblick verstummten und die ziehenden Nebelschwaden sich hoben, lag Raureif auf den schwarzen, laublosen Ästen der Bäume. Der November, den die Sioux den Monat der fallenden Blätter nennen, war angebrochen. Bud hüllte sich in seinen schweren Bisonmantel und ritt weiter, begleitet von Uambali galeschka, dem gefleckten Pferdeadler, der über ihm seine Kreise zog.

Die großen Wapitihirsche, die Dickhornschafe und Schneeziegen kamen von den Bergen herab, und ihnen folgten die Wölfe. Immer häufiger fand Bud ihre Fährten im morgendlichen Reif. Er suchte nach einer Spur, die ihm die Nähe eines großen Wolfes verraten würde, dessen linke Vorderpfote ein wenig nachschleifte. Doch gerade diese Spur fand er nicht.

Seine Vorräte gingen zu Ende, aber er dachte nicht daran, zum Fort zurückzukehren, sondern ernährte sich wie ein Indianer von Präriehühnern und Hasen, die er in Schlingen fing.

Und dann kam der erste Schnee, wirbelte leise durch die Dunkelheit und senkte sich wie ein dickes, weißes Polster auf Bäume, Felsen und Erde. Büffel und Dickhorn-schafe suchten nach Stellen, an denen noch offene Äsung lag: harte Gräser, Heidekraut und Ginsterbüsche.

Oft, wenn Bud durch einen Schneesturm ritt, fand er kleine Büffelherden, die unbeweglich wie Felsen an einer windgeschützten Hügelflanke standen, die mächtigen, gesenkten Schädel und das krause Fell der Höcker mit Schnee und Eisrinde bedeckt.

Sie ließen den Reiter ganz nahe herankommen, ohne ihn anzugreifen. Während eines Schneesturmes gab es auf der Prärie keine Feinde, da alle Geschöpfe, wie ungleich sie auch waren, unter der gleichen grimmigen Kälte und dem gleichen Mangel an Nahrung litten. Im Wintersturm waren alle Geschöpfe Brüder.

Manchmal aber kam die gelbe, fahle Dezembersonne zwischen den Wolken zum Vorschein, und dann sah Bud oft, wie die Büffelherden - zwanzig oder fünfundzwanzig Tiere - sich mühsam und bis zum Bauch im Schnee versinkend, zur nächsten Waldung vorankämpften.

Aber auch mit Bud selbst ging, ohne dass er es bemerkte, eine Veränderung vor sich. Sein Gesicht nahm festere Züge an, seine Augen blickten schärfer und ruhiger. Noch vor wenigen Monaten war er ein Junge gewesen. Nun aber war in der Stille der winterlichen Prärie, in Strapazen, Mühen, Gefahren und Anstrengungen ein Mann aus ihm geworden, obwohl er nicht viel älter war als fünfzehn Jahre.

Beharrlich suchte er weiter nach seinem Feind. Oft folgte er tagelang den Spuren eines Einzelgängerwolfes, nur um zu sehen, dass es ein gewöhnliches, graues Tier war, das die Flucht ergriff, wenn er sich ihm näherte. Der weiße Wolf aber, das wusste Bud, würde nicht fliehen, wenn er ihn sah; er würde sich zum Kampf stellen, wie er es immer getan hatte.

Doch endlich waren das letzte Körnchen Mais, das letzte Stäubchen Zucker und die letzte Kaffeebohne verbraucht. Dörrfleisch und Speck gab es schon lange nicht mehr. Die wenigen, vertrockneten Beeren, die Bud an schneebedeckten Büschen fand, genügten nicht, einen Menschen am Leben zu erhalten. Die Munition ging zu Ende, und die Fallen, die Bud ausgestellt hatte, waren seit vielen Tagen leer geblieben. Da wusste er, dass er zum Fort zurückkehren musste, wenn er den kommenden Frühling noch erleben wollte.

Die letzte Nacht verbrachte er vor seinem Feuer sitzend. Er lauschte dem fernen Heulen der Wölfe, die hungrig durch die Winternacht strichen. Bud hüllte sich eng in seinen Büffelmantel und hielt die Hände gegen die Flammen. Die Wölfe schienen ihn mit ihrem Geheul verhöhnen zu wollen.

So ist also alles umsonst gewesen, dachte er. Ich habe den weißen Einzelgänger nicht gefunden.

Er legte sich dicht neben dem Feuer auf seine Schlafstelle, die er sich aus Kiefernzweigen bereitet hatte. Was sollte er nun tun?

Indianer konnten den Weg, den sie in Zukunft nehmen mussten, in ihren Träumen erleben. Bud wusste das. Sie tanzten bei heiligen Zeremonien, bis sie vor Erschöpfung zusammenbrachen, oder fügten sich selbst Wunden zu, bis der Blutverlust und die Schwäche sie taumeln ließen. Die Träume, die in diesem Erschöpfungsschlaf kamen, zeigten ihnen, was sie zu tun hatten. Deshalb waren Träume für alle Indianer heilig.

Er aber war zu sehr ein Weißer. Er musste sich selbst darüber klarwerden, was er zu tun hatte, ohne dass ihm Wakan Tanka, der Große Geist, einen Traum schickte.

Der Dezember neigte sich seinem Ende zu. Bald würde der Januar, den die Sioux „Frost im Tipi" nannten, mit noch größerer Kälte folgen. Befand er sich dann noch immer auf der freien Prärie, so war er verloren.

In dieser Nacht tat er kein Auge zu. Als der erste, fahlgelbe Schimmer am östlichen Horizont den Anbruch des Tages verkündete, stand Bud auf, sammelte seine letzten Habseligkeiten, belud die Maultiere und sattelte sein Pferd, um die Berge zu verlassen. Als sich der Himmel heller färbte, ritt er bereits durch tiefe Schneeverwehungen nach Osten, der auf gehenden Sonne entgegen.

Bud wusste nicht, welcher Tag es war, denn er hatte aufgehört, die Tage zu zählen. Unter einem wolkenlos blauen Winterhimmel ritt er mit seinen Maultieren über die schneebedeckte Prärie. Der Neunmeilenfluss war zugefroren, und die Hufe der Tiere klirrten auf dem dicken Eis.

Bud fragte sich, wie Portugee Philips ihn wohl empfangen würde, nachdem er so lange in den Bergen geblieben war. Vielleicht würde ihn der Pelzhändler den Winter über nicht mehr aus dem Fort lassen. Doch auch das war ihm im Grunde genommen gleichgültig. Das Gefühl, versagt zu haben, quälte ihn, und er war müde und erschöpft.

Die Sonne senkte sich in kalter, kristallener Klarheit dem westlichen Horizont zu, und Buds Schatten wurde länger, als er vor sich einen Hügelsattel sah, den die Soldaten Lodge Trail Ridge nannten. Da wusste er, dass er sich Fort Carrington bereits bis auf eine Meile genähert hatte. Von der Höhe jenes Kammes würde er bereits die Fahne über den Palisaden des Forts flattern sehen.

Plötzlich zügelte er sein Pferd und richtete sich in den Steigbügeln auf. Aus der Ferne, von der anderen Seite des Lodge Trail Ridge, hörte er das dumpfe Krachen von Schüssen.

Bud lauschte. Das Schießen kam näher. Rasch lenkte Bud sein Pferd zu einem bewaldeten Hang und band dort seine Maultiere an einen Baum. Als er sich umwandte, tauchten Reiter zwischen den Hügeln auf. Es waren mehrere Sioux, von denen einige abgestiegen waren und ihre Pferde am Zügel führten, als wären die Tiere erschöpft oder lahmten.

Hinter ihnen tauchten noch mehr Reiter auf, doch diesmal waren es Soldaten. Bud sah ihre blauen Armeemäntel und eine rotweiße Kavalleriestandarte im Winde flattern. Die Soldaten spornten ihre Pferde an, um die Indianer einzuholen, und Bud sah kleine, weiße Rauchwölkchen, die der Wind auseinanderjagte, als die Eskadron das Feuer aus ihren Dragonerrevolvern eröffnete. Manche der Soldatenpferde versanken fast bis zum Bauch in tiefen Schneeverwehungen.

Die Kriegshorde floh weiter nach Westen, und die Soldaten folgten ihr, blind vor Eifer. Bud erkannte Captain Fetterman an der Spitze der Kompanie, und in dem Mann, der an seiner Seite ritt, Jonas Gilpin. Die Trompete blitzte in der Abendsonne. Hinter der Eskadron jagte Gil-pins kleiner, gelber Hund durch den Schnee und mühte sich wacker ab, mit den Reitern Schritt zu halten.

Die Sioux flohen noch zweihundert Schritt weit und hielten dann an. Mit Schrecken wurde Bud klar, was dort drüben geschah: Die Soldaten ritten geradenwegs in einen Hinterhalt hinein, wie ihn die Sioux ihren Feinden wohl schon hundertmal auf ihren Kriegszügen gelegt hatten.

Doch bevor Bud etwas unternehmen konnte, hatten die Soldaten den Fuß des Hügels erreicht. Im gleichen Augenblick erschien auf der Höhe des Lodge Trail Ridge ein in ein schwarzes Wolfsfell gehüllter Krieger, der auf einem schwarzen Pferd saß.

Allein diese Aufmachung genügte Bud, um den Reiter zu erkennen. Es war Tolles Pferd. Der Kriegshäuptling hob das Gewehr hoch über den Kopf, und durch das Donnern der Schüsse hörte Bud seinen lauten Schrei: „Hoppo! Hoka hey!"

Im nächsten Moment waren das Tal und die Hügelflanken dunkel von Indianern. Sie tauchten aus dem Buschwerk, aus dem Flusstal und dem Schutz der Hügel auf. Es waren viele Hunderte. Bud erkannte einige ihrer Häuptlinge.

Donnerfalke führte die Minniconjous, Galle die Oglalas, He Dog und Einsamer Bär eine Horde von Cheyennes.

Innerhalb weniger Minuten hatten die schreienden, schießenden Krieger einen tödlichen Kreis um die Soldaten geschlossen. Wie gebannt verfolgte Bud das Schauspiel, an dem er nun nichts mehr ändern konnte. Er begriff nicht, wie es möglich war, dass die Soldaten den Hinterhalt nicht rechtzeitig erkannt hatten.

Atemlos sah er, wie Captain Fetterman den Befehl zum Absteigen gab. Nach allen Seiten feuernd und ihre Pferde am Zügel führend, zogen sich die Soldaten Schritt um Schritt auf einen flachen Hügel zurück, ununterbrochen umschwärmt von scheußlich bemalten, laut gellenden und schießenden Indianern.

Es gelang Captain Fetterman noch, seine Eskadron auf dem Hügelkamm in Stellung zu bringen. Doch dort rissen sich die Pferde los, halb verrückt von den Schmerzen der Pfeilwunden, und galoppierten zum Fort zurück. Viele Sioux und Cheyenne versuchten sie aufzuhalten, und das

gab Captain Fetterman Zeit, sein Kommando zu einem Ring zu formieren. Die Soldaten lagen oder knieten im verharschten Schnee, und ihre Karabiner bildeten einen unaufhörlich feuernden Kreis. Doch Bud sah immer mehr Männer in ihren blauen Mänteln über ihre Gewehre in den Schnee fallen und regungslos liegenbleiben.

Im Mittelpunkt des zusammenschmelzenden Ringes stand Captain Fetterman, barhäuptig, die linke Hand um den Schaft der Kompaniefahne geschlossen, die er auf dem Hügelkamm aufgerichtet hatte. In der Rechten hielt er den Revolver und feuerte auf die Indianer, die ihre Pferde den Hang hinaufdrängten.

Nur zwanzig Soldaten knieten noch im Kreis um ihn her und schossen aus glühend heißen Läufen.

Bud erwartete jeden Moment, dass Soldaten aus dem Fort kommen würden, um ihren Kameraden zu helfen, und daran glaubten scheinbar auch die Überlebenden von Captain

Fettermans Kommando, denn sie kämpften mit dem Mut der Verzweiflung. Doch die Minuten verrannen, ohne dass Hilfe gekommen wäre.

Pulverrauch wehte im kalten Wind, und Fettermans blondes Haar leuchtete in den letzten Sonnenstrahlen.

Noch immer blitzte es aus den Karabinern der Soldaten. Da richtete sich Tolles Pferd hoch auf, bog den Arm mit dem Gewehr weit zurück und stieß ihn in Richtung auf Captain Fettermans zusammengeschmolzenes Kommando vor.

„Folgt mir, Oglalas!" rief er. „Es ist an der Zeit, diesem Kampf ein Ende zu bereiten. Hoka hey!"

„H'gun! H'gun!" antwortete ihm ein vielhundertstimmiger Schrei. „Mut! Mut! Hoka hey!"

Und wie eine riesige Welle jagten die Indianer den Hang hinauf, mitten hinein in die letzte Salve von Fettermans Kommando. Im nächsten Augenblick waren sie bereits zwischen den Soldaten, und Bud sah im Pulverrauch nur noch ein wirres Durcheinander von Pferden, blauen Uniformen und Siouxkriegern.

Dann war es plötzlich still, kein Schuss fiel mehr. Da wusste Bud, was dort drüben auf dem Hügel geschehen war. Ein riesiger Oglalahäuptling in wehendem Federschmuck riss die Kompaniefahne an sich und hob das flatternde Tuch triumphierend über den Kopf, als er in das Tal zurückgaloppierte. Die ganze Horde folgte ihm, dass der Schnee unter den unbeschlagenen Pferdehufen aufstob.

Und noch etwas sah Bud, was ihn für einen Moment vor Entsetzen erstarren ließ. Zwischen dem Häuptling, der die Kompaniefahne trug, und Tollem Pferd in seiner schwarzen Wolfsfellrobe ritt ein Krieger in einem blauen Armeemantel auf einem Pinto, den Bud nur zu gut kannte, weil er noch vor wenigen Wochen selbst auf ihm geritten war.

Dieses Pferd gehörte Portugee Philips, und der Reiter in seinem Sattel war Uatanye, den die Soldaten Mokassin-Charley nannten.

Bud warf sein Pferd herum, bevor ihm die Sioux so nahegekommen waren, dass sie ihn sehen konnten, und ritt davon, so schnell er konnte. Die Maultiere musste er

dort zurücklassen, wo er sie angebunden hatte, denn ihm blieb keine Zeit mehr, sie zu holen.

Er ritt tief in den verschneiten Kiefernwald hinein und trieb sein Pferd an, dessen magere Flanken vor Anstrengung zitterten. Würden ihm die Sioux folgen?

Aber offensichtlich waren die Indianer in der Nähe des Forts geblieben, denn kein Geräusch durchbrach die Stille. Es war eisig kalt, und im Westen begannen sich schwere Schneewolken zu türmen. Der Wind nahm an Heftigkeit zu, und kurz darauf wirbelten die ersten Flocken lautlos durch das Geäst der Kiefern.

Bud hüllte sich fest in seinen Büffelfellmantel und ritt noch tiefer in den Wald hinein. Er wollte versuchen, den Pulverfluss zu erreichen und unter einer überhängenden Felswand Schutz vor dem einsetzenden Schneesturm zu finden. Vielleicht gelang es ihm sogar, eine Höhle ausfindig zu machen, in der er sich verbergen konnte.

Kurze Zeit darauf brach das Unwetter mit voller Wucht los. Ganze Wolken von Schnee trieben über den Fluss und stachen wie mit tausend winzigen Eisnadeln nach Buds Gesicht. Im Nu war sein schwerer Mantel mit einer dicken Schneeschicht bedeckt.

Hoch über ihm orgelte und tobte der Sturm in der düsteren Winterluft. Bud saß ab und führte sein Pferd in den Schutz einer Felswand. Der Sturm zerrte an Mähne und Schweif des Tieres, das ängstlich den Kopf senkte. Wie alle Tiere verharrte es still und unbeweglich, solange der Sturm tobte. Eine fast magische Wirkung geht von diesen Winterstürmen aus, solange ihr weißes Wüten die

Luft erfüllt. Bud wischte sich den Schnee aus den Augen; er konnte kaum fünf Schritte weit sehen.

Vorsichtig zog er das Gewehr aus dem Sattelschuh und nahm es in die Arme, denn in diesem Flockengewirbel würde er einen Siouxkrieger erst sehen, wenn dieser dicht vor ihm stand. Bud trug keine Handschuhe, und der Stahl des Gewehrschlosses fühlte sich an wie Eis. Fröstelnd schlug er den hohen Mantelkragen hoch und drängte sich eng an den warmen Pferdekörper. Was sollte er tun? Dieser Schneesturm konnte tagelang dauern. Entweder musste er versuchen ins Fort zu gelangen, ohne von den Sioux gesehen zu werden, oder er musste eine Höhle in den Felsen finden. Lange würden er und sein Pferd der Wut des Sturms nicht mehr standhalten können.

Er fragte sich, wie lange er hier schon stand. Schon früher hatte er die Erfahrung gemacht, dass im Schneesturm jedes Zeitgefühl verlorengeht. Er durfte auf keinen Fall zu lange hierbleiben.

Während er noch fieberhaft überlegte, mischte sich plötzlich ein neuer Laut in das Wüten des Windes, und gleich darauf tauchten schemenhaft die Umrisse eines Reiters aus dem Flockengewirbel auf. Sattelzeug klirrte, und Bud vernahm deutlich das Schnauben eines Pferdes.

Bevor er es verhindern konnte, warf sein eigener Brauner den Kopf hoch und antwortete mit einem durchdringenden Wiehern. Bud wusste, dass dieser Laut ihn verraten hatte. Er spannte den Hahn seines Gewehres.

# DER WEISSE WOLF

Mit einem Mal wurde das Heulen des Sturmes leiser, das Schneegestöber ließ nach, und Bud erkannte den Reiter, auf dessen Mantel und Waschbärenmütze dicker Schnee lag. Es war Portugee Philips. Er ritt ein dunkles, wunderschönes Pferd mit starken Beinen und breiter Brust.

Bud ließ sein Gewehr sinken, als der Pelzhändler aus dem Sattel glitt und seinen Braunen in den Windschatten der Felswand zog.

„Woher kommst du, Junge? Bei Gott, ich fürchtete schon, dir sei etwas zugestoßen. Ich habe dich überall gesucht, aber nirgendwo gefunden. Was machst du hier mitten im Schneesturm? Du scheinst nicht zu wissen, was inzwischen vorgefallen ist."

„Doch!" erwiderte Bud, und dann erzählte er, so schnell er konnte, was sich ereignet hatte. Er verschwieg auch nicht, dass er den letzten Kampf Captain Fettermans und seiner Eskadron erlebt und Uatanye, den Cheyenne, unter den Sioux und ihren Verbündeten gesehen hatte.

Als er geendet hatte, nickte Portugee Philips erbittert. „Ich habe den Captain gewarnt", murmelte er bedrückt. „Bud, du musst wissen, dass die Sioux vor wenigen Stunden erneut einen Holztransport angegriffen haben. Captain Fetterman erbat sich vom Kommandanten den Befehl über die Entsatztruppe. Aber keiner der Indianerkundschafter wollte das Fort verlassen. Sie wussten, dass draußen die Sioux lauerten, und warnten Fetterman, der

jedoch nicht hören wollte. Schließlich bot Mokassin-Charley, den du Uatanye nennst, sich selbst als Scout an, um die Eskadron auf einem nur ihm bekannten Umweg in den Rücken der Sioux zu führen, die das Holzkommando angegriffen hatten. Der Captain glaubte wohl, Mokassin-Charley wolle sein Vergehen wiedergutmachen. Doch der Cheyenne wollte sich nur rächen. Er führte die Eskadron geradenwegs in einen Hinterhalt. Eine andere Ersatztruppe hat inzwischen den Holztransport glücklich ins Fort gebracht. Aber wie du ja selbst weißt, haben die Sioux und Cheyenne Fettermans Kommando vollständig vernichtet."

Er unterbrach sich, um den Schnee aus dem brennendroten Bart zu wischen. Dann fuhr er fort: „Der Kommandant hat befohlen, Frauen und Kinder im Pulvermagazin unterzubringen. Das ist eine Maßnahme für den Fall, dass die Indianer Fort Carrington angreifen und erobern sollten. Ich habe es übernommen, nach Fort Laramie zu reiten und Hilfe zu holen."

Bud erschrak, denn er wusste, dass Portugee Philips bis nach Laramie zweihundertdreißig Meilen zurückzulegen hatte.

„Ich werde es schaffen", hörte er den Pelzhändler sagen. „Der Schneesturm ist mein Verbündeter; er verwischt meine Spuren innerhalb weniger Minuten. Außerdem habe ich ein schnelles Pferd, Colonel Carringtons eigenes Tier, das Beste, das im Fort aufzutreiben war. Aber wir dürfen keine Zeit mit Reden verlieren. Du musst ins Fort, Bud. Hast du verstanden, Junge?"

„Ja, Sir. Seien Sie vorsichtig!" war alles, was Bud hervorbrachte, als er sah, wie sich Portugee Philips wieder in den Sattel schwang. Der rotbärtige Mann warf ihm einen letzten Blick zu, dann trieb er sein Pferd in den Sturm hinaus und verschwand.

Bud wusste, in welcher Gefahr sich der Pelzhändler befand. Doch wenn überhaupt ein Mensch imstande war, während eines Blizzards zweihundertdreißig Meilen zu reiten, dann war es ohne Zweifel Portugee Philips.

Und noch etwas anderes beschäftigte Bud. Wenn das Schneetreiben den Pelzhändler verbarg, würde es ebenso gut auch ihn verbergen. Vielleicht konnte er, ungesehen von den Indianern, bis an das Tor von Fort Carrington gelangen.

Er nahm sein Pferd am Zügel, führte es ein paar Schritte weit, richtete den Steigbügel und schob einen Fuß hinein. Mit aller Macht warf sich der Sturm gegen ihn, und er musste sein Gesicht mit angewinkeltem Arm schützen.

Doch als er nach dem Sattelknauf griff, um sich emporzuziehen, hielt er mitten in der Bewegung inne.

Dort, zwischen den sturmzerzausten Kiefern, an der äußersten Grenze seines Sichtfeldes, huschte ein langgestreckter Schatten dahin, hielt an und starrte aus glühenden Augen zu Bud herüber. Ein tiefes, heiseres Knurren drang durch das Heulen des Windes.

Es war ein riesiger Wolf. Doch jetzt, in dem reinen Schnee, wirkte sein zottiges Fell nicht mehr weiß, sondern schmutzig gelblich und fleckig. Die grünen Augen starrten Bud an, als wollten sie ihn in ihren Bann zwingen.

# DER VERRÄTER

Bud hatte das Gefühl, sein Herzschlag setze für eine Sekunde aus, doch schon im nächsten Augenblick hatte er die Überraschung überwunden und griff mit beiden Händen nach dem Büffelgewehr im Sattelschuh. Bevor er noch den Hahn spannen konnte, warf sich der Wolf herum und sprang mit wenigen federnden Sätzen den Hang hinauf.

Bud hörte das dumpfe Knirschen von Schnee, der unter Mokassins zusammengepresst wird; da wusste er, was den Wolf verscheucht hatte. Eine dunkle Gestalt tauchte, kaum zwanzig Schritte entfernt, aus dem Schneegestöber auf. Es war ein Mann, der sein Pferd am Zügel führte. Er war in einen blauen Armeemantel gehüllt und trug einen Winchesterkarabiner in der Hand; doch es war kein Soldat, sondern ein Indianer, denn schwere, fellumhüllte Zöpfe fielen auf seine Brust, und die Kavalleriemütze auf seinem Kopf war mit einer einzelnen Adlerfeder verziert.

Uatanye, der Verräter, der Captain Fetterman in den Hinterhalt der Sioux geführt hatte.

Bud verlor keine Zeit. Er lief schon, als der Cheyenne ihn entdeckte und den Karabiner hob. Zwischen den ersten Bäumen blieb er stehen und drehte sich um. Undeutlich sah er Uatanye durch den Schnee stapfen; da begann er erneut zu laufen. Er strebte hangaufwärts und überquerte ein baumloses Stück der Hügelflanke, das der Sturm schneefrei gefegt hatte, so dass die gefrorene Erde sichtbar war. Uber ihm stieg eine gewaltige Felsklippe auf. Bud begann zwischen den Felsen emporzuklettern.

Nach einer Weile hielt er inne, duckte sich hinter einen Felsbrocken und beobachtete, wie Uatanye, gegen den Sturm ankämpfend, die schneefreie Fläche überquerte.

Hastig drehte Bud sich um und kletterte höher. Das war schwierig, denn die Felsen waren überall mit einer zarten Eisschicht überzogen, die weder Hand noch Fuß einen sicheren Halt erlaubte. Einmal löste sich sogar ein Stein unter dem Mokassin des Jungen und polterte, eine Lawine von Schnee und Felsstücken mit sich reißend, ins Tal hinunter.

Bud sah ein schmales, schräg ansteigendes Felsband über sich. Er warf sein Gewehr hinauf, packte den Rand mit beiden Händen und zog sich empor. Während er schwer atmend und erschöpft auf dem schneebedeckten Felsen lag, hörte er das siegessichere Lachen des Cheyenne heraufdringen, dem das metallische Klicken eines Gewehrhahnes folgte.

„Bleib, wo du bist, Pahuska!" ertönte Uatanyes Stimme. „Du kannst mich doch nicht abschütteln; ich werde deiner Spur so lange folgen, bis ich dich gefunden habe. Ich habe mich an dem kleinen weißen Häuptling gerächt, aber wenn ich dich am Leben lasse, kann ich nie mehr ins Fort zurückkehren, denn du hast mich gesehen, als ich mit den Sioux ritt. Leugne es nicht, denn das wäre sinnlos. Ich habe deine Maultiere gefunden und sie wiedererkannt. Da wusste ich, dass du in der Nähe bist. Hoppo, es hat keinen Sinn, dass du dich vor mir versteckst. Ich werde dich finden, und wenn ich dich gefunden habe, wird der Schnee dich zudecken, und alle Soldaten werden glauben, dass du den Sioux in die Hände gefallen bist."

Bud lag regungslos auf dem Felsband, das eben breit genug war, ihm Schutz zu bieten. Er wusste, dass Uatanye ihn töten würde, wenn er ihn fing. Der Indianer stieg immer höher herauf. Bud konnte seinen keuchenden Atem hören. Langsam kroch er auf dem Felsband entlang, das glatt von Eis und Schnee war. Er musste auf der Hut sein, um nicht abzugleiten und in die drohende Tiefe zu stürzen.

Vorsichtig schob er das Büffelgewehr vor sich her. Plötzlich stieß die Waffe gegen ein Hindernis, rutschte zur Seite und fiel über die Felskante. Buds Hand griff ins Leere.

Er hörte, wie das Gewehr tief unten aufschlug, und lähmende Angst überfiel ihn. Jetzt war er dem Cheyenne hilflos preisgegeben. Er richtete sich hastig auf und lief auf dem schmalen Felsband entlang, so rasch er konnte. Jetzt durfte er keine Furcht zeigen und nicht daran denken, dass der Boden unter seinen Mokassins gefährlich glatt war.

Der Weg, den er nahm, wurde immer steiler. Bud erreichte das oberste Ende des Felsbandes, von dem aus eine schmale Rinne von doppelter Mannshöhe zum Gipfel der Zinne hinaufführte. Schon griff er mit beiden Händen nach einem Halt, um höher zu klettern - da sah er den Wolf.

Das Tier stand über der Rinne, als hätte es den Jungen erwartet. Noch nie hatte Bud den Wolf so nahe gesehen wie in diesem Augenblick, da nur wenige Schritte sie trennten.

Er war mager, sein Fell schmutzig und zottig und am Bauch eisverkrustet. Die Rippen waren deutlich zu sehen, und die Schulterblätter traten aus dem eingesunkenen Rücken hervor. Ein Knurren, leise zuerst, dann aber immer stärker anschwellend, kam aus dem heißen, roten Rachen des Tieres. Es zog die Lefzen zurück, entblößte die mächtigen Reißzähne, legte die Ohren ganz flach an den Kopf, und seine grünen Augen funkelten. Sein Atem wehte im Sturm wie eine Dampfwolke davon.

Bud sah, wie der hagere Körper des Wolfes sich spannte, wie die Vorderpfoten in Eis und Schnee nach einem sicheren Absprung suchten und der Kopf sich noch tiefer senkte, denn ein Wolf richtet seinen Angriff stets gegen den Leib des Gegners, nie gegen seine Kehle.

Bud löste seinen Blick von den flammendgrünen Tieraugen, wandte den Kopf und sah Uatanye auf sich zukommen. Instinktiv drückte er sich mit dem Rücken in die Felsrinne und hob beide Arme, um sein Gesicht zu schützen.

Der Cheyenne kam geduckt auf ihn zu. Sein Gesicht verzog sich zu einem bösen Lächeln, als er aufblickte und Bud nur noch wenige Schritte entfernt sah. Dann entdeckte er den Wolf, und das Lächeln erstarrte auf seinem Gesicht.

Er versuchte, den Karabiner zu heben, doch es gelang ihm nicht mehr. Wölfe sind scheue, kluge Tiere, und Einzelgänger, die nicht im Schutz des Rudels leben und gelernt haben, mit jeder Gefahr allein fertig zu werden, sind von einer fast menschlichen Klugheit. Sie wissen genau, was ein Fangeisen, ein vergifteter Köder - und was ein Gewehr ist.

Im gleichen Augenblick, in dem Uatanye die Winchester hob, sprang der Wolf. Der mächtige Satz trug ihn fast acht Meter weit; wie ein weißer Schatten flog er durch die Luft. Der Schuss peitschte dumpf durch das Schneegestöber, doch die Kugel verfehlte das Tier, das gegen den Indianer prallte. Der Rachen des Wolfes schloss sich um Uatanyes linken Arm wie die eisernen Bügel einer Biberfalle. Knurrend und mit wild kratzenden Pfoten hing das Tier an dem Cheyenne, der die Winchester fallen ließ und, unter der Last des riesigen Wolfes rückwärts taumelnd, nach dem Messer griff.

Da trat sein Fuß fehl, glitt über den Rand des Felsbandes hinaus, und im nächsten Moment wirbelten der Wolf und der Indianer in den Abgrund. Es geschah völlig lautlos. Der wirbelnde Schnee schloss sich über ihnen, und nichts war zu hören, außer dem stetigen Heulen des Sturmwindes.

Bud lehnte noch immer in der Rinne. Sein Atem ging schwer, und er brauchte mehrere Minuten, bevor er sich von der Felswand lösen und an den Rand des Abgrundes treten konnte. Doch er sah nichts als wirbelnde Schneemassen und ab und zu in großer Tiefe einen dunklen, sturmzerzausten Kiefernwipfel.

Er bückte sich und hob Uatanyes Winchester auf, dann machte er sich an den Abstieg. Noch immer wie betäubt, kämpfte er sich durch den tiefen Schnee am Fuße der Felszinne. Er fand sein Pferd und Uatanyes Pony am gleichen Platz, an dem sie zurückgelassen worden waren. Er schob den Karabiner in den Sattelschuh und lehnte sich gegen seinen Braunen. Das Tier schnaubte, drehte den Kopf und versuchte, sein Gesicht mit den weichen, warmen Lefzen zu erreichen. Bud trank einen Schluck Wasser aus der lederumhüllten Blechflasche, dann holte er Uatanys Pony, das zuerst vor ihm scheute, dann aber zuließ, dass er seine Zügel ergriff, als er leise im Sioux Dialekt zu ihm sprach.

Er saß auf und führte das Pony am Zügel mit. Einen letzten Blick warf er noch zu der Felszinne hinauf, bevor sie im Flockengewirbel verschwand.

Portugee Philips hatte recht behalten: das Böse hatte sich selbst vernichtet. Buds erschöpfte Gedanken beschäftigten sich unentwegt mit diesen Worten, während er aus dem Wald in die freie, sturmdurchtoste Prärie hinausritt. Unbehelligt erreichte er den Pulverfluss, und kurz darauf sah er die Palisaden und Bastionen von Fort Carrington wie graue Schatten aus dem Winterabend auftauchen.

# DER ALTE CORPORAL

„Halt! Wer da?" erklang ein lauter Ruf. Bud blickte nach oben und sah die dunkle Gestalt eines Wachtpostens, der sich über die Palisaden neigte.

Als Bud sich zu erkennen gegeben hatte, wurde ihm die kleine Pforte neben dem Haupttor geöffnet. Er musste sich tief über das Sattelhorn beugen, um hindurchreiten zu können. Hinter ihm wurde die Tür geschlossen und der Querbalken vorgelegt. Der Offizier der Wache, ein Leutnant, und mehrere Soldaten tauchten, in dicke Mäntel gehüllt, aus ihren warmen Quartieren auf.

„Woher kommst du, Junge?" wollte der Leutnant wissen. Doch Bud war zu erschöpft, um antworten zu können. Zwar konnte er noch aus eigener Kraft absitzen, dann aber begann er zu schwanken. Ein großer, kräftiger Soldat nahm ihn auf die Arme und trug ihn ins Lazarett, während die beiden Pferde in den Stall geführt wurden.

Der Regimentsarzt zog Bud aus, hüllte ihn in eine warme Decke und gab ihm einen großen Becher dampfend heißen Tee, in den er einen gehörigen Schuss Branntwein goss. Während Bud trank, rieb ihm der Arzt die Füße mit einem Stück Otternfell ab, um die Blutzirkulation wieder in Gang zu bringen. Erst jetzt wurde Bud bewusst, dass er sich in den dünnen, rehledernen Mokassins fast die Füße erfroren hatte. Seine Beine begannen zu schmerzen, als würden sie mit tausend glühenden Nadeln gestochen.

Colonel Carrington und zwei seiner Offiziere kamen, und Bud musste nun erzählen, was er über Captain Fettermans letztes Gefecht wusste. Schweigend hörten die Männer zu. Bud berichtete auch von Uatanye und dem weißen Wolf und von dem, was sich auf der Felsklippe am Fluss abgespielt hatte. Die bärtigen Kavallerieoffiziere sahen sich an, doch keiner unterbrach die Erzählung des Jungen.

„Du hast dich sehr mutig gezeigt", sagte Colonel Carrington, als Bud endlich schwieg. „Hoffen wir, dass dein Freund Portugee Philips rechtzeitig mit dem Regiment aus Fort

Laramie eintrifft. Wieviel Sioux, glaubst du, halten sich in der Umgebung des Forts auf?"

„Vielleicht tausend, Sir", antwortete Bud, doch da er die Indianer kannte, fügte er hinzu: „In wenigen Tagen aber werden es nur noch hundert oder zweihundert sein; die meisten werden weiterziehen, denn es gibt in diesem Gebiet nicht genügend Wild, um so viele Krieger zu ernähren."

„Gebe Gott, dass du recht behältst", nickte der Colonel. „Aber nun versuche zu schlafen, mein Junge. Doktor, Sie sorgen dafür, dass der Junge alles bekommt, was er braucht."

„Herr des Himmels", murmelte einer der Offiziere, während er zur Türe ging, „ich möchte jetzt nicht an Portugees Stelle durch diesen Schneesturm reiten."

Bud hörte, wie die Türe ins Schloss fiel. Er legte sich auf die Pritsche, und der Doktor breitete eine zusätzliche Decke über ihm aus. Bud spürte es nicht mehr, er war schon eingeschlafen.

Am Morgen des darauffolgenden Tages schneite es noch immer. Der Paradeplatz des Forts lag unter einer meterhohen Schneeschicht verborgen, und die Palisaden hatten weiße Hauben.

Bud stand zeitig auf und zog seine Kleider an, die über Nacht getrocknet waren. Er warf seinen Büffelmantel um und verließ das Lazarett. Die Luft war frisch und kalt, und von den Pferdeställen drang lautes Wiehern herüber. Bud fröstelte und stapfte durch den Schnee zur Schmiede.

Vor dem glosenden Feuer der Esse saß Ezra Miller auf einem umgestülpten Eimer.

„Ach, du bist es", murmelte er, als er sah, wer da zur Tür hereingekommen war. Er hielt den kleinen, gelben Hund, der Jonas Gilpin gehört hatte, auf dem Schoß und kraulte ihn mit seiner knochigen Hand sachte hinter den großen Ohren.

In der Schmiede war es warm. Es roch nach rostigem Eisen, Pferden, altem Leder und ranzigem Fett, mit dem die

Naben der Wagenräder geschmiert wurden. Bud schüttelte den Schnee von seinem Mantel und stand dann unbeholfen da, weil er plötzlich nicht wusste, was er sagen sollte.

„Ich bin sehr froh, dass wenigstens du wieder hier bist, Junge", brach die Stimme des alten Mannes die eingetretene Stille. „Jonas Gilpin kam nicht zurück. Du weißt ja wohl, dass er als Regimentstrompeter bei Captain Fettermans Kommando war. Seltsam, solange er da war, haben wir uns ununterbrochen gestritten. Jetzt aber, da er nicht mehr hier ist, hat er eine leere Stelle hinterlassen, die niemand zu füllen vermag. Bud, man sagt, du habest das letzte Gefecht der Eskadron auf dem Lodge Trail Ridge miterlebt."

Bud nickte stumm, und der alte Mann sah ihn flehend an. „Hast du gesehen, was mit Jonas Gilpin geschah?" fragte er eindringlich.

Bud schüttelte den Kopf. In diesem Augenblick begann der kleine Hund unruhig zu werden. Ezra Miller setzte das Tier auf die Erde, und es lief winselnd zur Tür und begann dort mit den Pfoten zu kratzen.

„Er sucht Jonas noch immer", seufzte der Corporal. „Die Indianer schossen mit Pfeilen auf ihn, aber er kam unverletzt hier an. Er rannte den ganzen Weg durch den tiefen Schnee von jenem Hügel bis hierher, als wollte er Hilfe für seinen Herrn holen."

Er legte das Gesicht in beide Hände und starrte auf das Ende seines Holzbeins.

„Warum mussten wir nur in dieses furchtbare Land kommen, Junge? Warum mussten wir hierherkommen? Kannst du mir das sagen? Weißt du, was ich möchte?"

Bud erwiderte nichts, um den alten Mann nicht zu unterbrechen.

„Ich möchte in meiner Heimat, in Tennessee, eine kleine Hütte haben und dort in Frieden leben. Niemand sollte nach Dingen streben, die ihm nicht zustehen, sei es Land, Gold oder etwas anderes. Ich glaube, wenn alle Menschen so handelten, dann brauchte niemand zu kämpfen, zu leiden und zu sterben."

„Das ist wahr", gab Bud zu. „Aber Portugee Philips sagt, dass aus allem Bösen schließlich doch immer irgendetwas Gutes entsteht."

Ezra Miller hob den Kopf und warf dem Jungen einen merkwürdigen Blick zu. „Und du glaubst daran?" fragte er.

Der kleine Hund hörte auf, an der Türschwelle zu kratzen, und kam winselnd zu dem alten Mann zurückgelaufen, der ihn wieder auf den Schoß nahm.

Bud wollte antworten, doch plötzlich füllten sich, ohne dass er hätte sagen können, warum, seine Augen mit Tränen. Er wandte sein Gesicht zur Seite, weil er nicht wollte, dass Ezra Miller ihn weinen sah, und versuchte, sich wieder in die Gewalt zu bekommen, doch ein verzweifeltes Schluchzen schüttelte ihn. Zum ersten Mal seit jener Nacht, in der der Wolf seinen Vater getötet hatte, weinte er.

Er hörte, wie der alte Corporal aufstand und näherkam. Das Holzbein pochte hart auf die Erde, und dann legte sich Ezra Millers Hand auf seine Schulter; doch Bud drückte sein Gesicht nur noch fester gegen die Balkenwand der Schmiede. Aller Kummer und alles Leid, das sich so lange in ihm angestaut hatte, brach nun hervor.

„Du brauchst dich deiner Tränen nicht zu schämen, mein Junge", sagte der alte Mann mit schwerfälliger, rauer Stimme. „Wir haben beide etwas verloren und sollten nun beide weinen, doch ich bin schon zu alt dafür. Doch glaube mir, Bud, manchmal wünsche ich mir, ich könnte noch Tränen aus diesen alten Augen hervorbringen. Du warst sehr tapfer, und dein Vater wäre stolz, wenn er dich sehen könnte. Und wer weiß - vielleicht kann er dich sehen; vielleicht steht er jetzt neben dir, und wir sind es, die ihn nicht sehen können; vielleicht fühlst du nur nicht, dass seine Hand auf deiner Schulter liegt. Weißt du, mein Junge, man sagt: wer jemals einen anderen Menschen wirklich geliebt hat, der ist nie wieder ganz allein. Aber bewahre dir deinen

Glauben an das Gute, denn es lohnt sich, daran festzuhalten."

Unbeholfen, so wie er den Hund gestreichelt hatte, fuhr er mit seiner harten Hand durch Buds Haar.

„Du bist jetzt ein Mann geworden", fuhr er fort. „Tu immer das, von dem du glaubst, dass dein Vater es an deiner Stelle tun würde, dann wirst du immer richtig handeln."

„In jener Nacht", sagte Bud leise, „als der weiße Wolf meinen Vater tötete, dachte ich, ich könnte es nicht überleben und würde auch sterben."

„Aber du lebst noch immer", fiel ihm Ezra Miller ins Wort. „Die Zeit deckt alle Wunden zu, wie jetzt dort draußen der Schnee die Erde zudeckt. Eines Tages wird das Vergangene in deiner Erinnerung zu verblassen beginnen, Bud. Doch wenn du an deinen Vater denkst, dann denke von Zeit zu Zeit auch einmal an Jonas Gilpin, der ein guter und tapferer Mann war. Und nun geh! Lass mich allein! Ich habe noch zu arbeiten."

Aber er arbeitete nicht. Auch als Bud schon lange wieder im Lazarett verschwunden war, stand der alte Mann noch immer an dem einzigen, kleinen Fenster der Schmiede und blickte hinaus in den fallenden Schnee.

# ENTSATZ

Drei Tage lang schneite es ununterbrochen, und der Himmel war hinter einer dichten, schweren Wolkendecke verborgen. In schneebedeckte Mäntel gehüllt, standen die Soldaten, erbärmlich frierend in der grimmigen Dezemberkälte, auf den Laufbrücken der Palisaden, die Karabiner in den klammen Händen, und warteten auf den Angriff der Sioux.

Frauen und Kinder blieben, auf Befehl des Kommandanten, auch weiterhin im Pulvermagazin, einem niedrigen, fensterlosen, grauen Steingebäude, und jedermann wusste, was das zu bedeuten hatte. Colonel Carrington rechnete stündlich mit einem Angriff der feindlichen Stämme, und Frauen und Kinder sollten, wenn die Sioux und Cheyenne über die Palisaden kamen, nicht lebend in die Hände der grausamen Sieger fallen.

Doch es sah aus, als sollte Bud recht behalten, denn am Morgen des vierten Tages, als die Sonne strahlend über der verschneiten Prärie aufging, war kein Indianer zu sehen, dafür aber um die Mittagsstunde eine schier endlose Kolonne von Reitern in blauen, gelbgefütterten Armeemänteln, die von Süden auf Fort Carrington zukam. Die Pferde mühten sich in dem tiefen Schnee ab, und der Atem von Ross und Reiter stand wie Rauch in der eisig klaren Luft.

Mit flatternden Fahnen, flankiert von indianischen Armeekundschaftern, zog ein Kavallerieregiment das Flusstal herauf. Ein donnernder Hurraruf stieg von den Wällen und Bastionen des Forts auf. Das Tor wurde geöffnet, und im Nu war der ganze Paradeplatz von Reitern und Pferden erfüllt.

Bud fühlte sich in dem allgemeinen Lärm seltsam allein und verlassen. Während das Regiment auf dem Paradeplatz absaß, ging er, wie er es in den letzten Tagen oft getan hatte, in den Stall, wo es warm und still war, und setzte sich neben seinem Pferd auf einen umgestülpten Holzeimer. Das Tier wandte den Kopf, sah Bud aus seinen feucht schimmernden, dunklen Augen an und schnaubte leise.

Plötzlich öffnete sich knarrend die Stalltür; Licht und Kälte drangen herein, und als Bud aufblickte, sah er Portugee Philips ein Pferd am Zügel führen. Der Pelzhändler trug seinen langen, schweren Büffelmantel und seine Waschbärenmütze. Sein Gesicht war von der Kälte gerötet und sein Bart dort, wo der Atem über ihn hinwegstrich, mit Reif bedeckt.

„Was hast du, Bud?" fragte er, während er die Tür zuwarf und sein Pferd auf das Stroh führte. „Ich habe draußen überall nach dir gesucht, dich aber nirgendwo finden können." Er nahm seinem Pferd den Sattel ab, ließ ihn ins Stroh fallen und warf Bud einen prüfenden Blick zu. „Wie ist es dir inzwischen ergangen?" wollte er wissen.

Ohne aufzublicken, begann Bud zu erzählen, was mit Uatanye und dem Wolf geschehen war. Es fiel ihm nicht leicht, alles noch einmal in seiner Erinnerung zurückzurufen. Portugee Philips unterbrach ihn mit keinem Wort,

doch als Bud geendet hatte, schob er seinen Kautabak in die andere Backentasche und nickte nachdenklich.

„Ich glaube, was du mir da eben erzählt hast, ist wahrhaftig eine gute Nachricht."

Bud sah auf. „Ich kann jetzt nicht mehr hierbleiben", sagte er. „Ich kann und will nicht mehr hierbleiben."

Der Pelzhändler schlug seinem Pferd klatschend auf die Hinterhand. „Das sollst du auch gar nicht", erwiderte er. „Ich habe auch eine Neuigkeit für dich. Präsident Andrew Johnson will, daß die Verträge, die vor fünfzehn Jahren mit den Sioux geschlossen wurden, ihre Gültigkeit behalten und dass keine Forts mehr im Pulverflussgebiet, den Schwarzen Hügeln und den Big-Horn-Bergen gebaut werden. Die bereits errichteten Forts werden verlassen. Die Armee muss sich aus dem Siouxgebiet zurückziehen. Das Land von Tolles Pferd und Rote Wolke wird unangetastet bleiben. Weder Goldgräber noch Büffeljäger dürfen es in Zukunft betreten."

„Dann wird auch Fort Carrington verlassen?" Bud sah überrascht zu Portugee Philip auf.

„Ebenso wie jedes andere Fort und jeder andere Armeeposten zwischen Laramie und den Bergen von Montana."

Der Pelzhändler kraulte sich den Bart. „Ich allerdings werde nicht mit den Soldaten zurückkehren, sondern nach Westen, in das Land der Shoshonen, zu Washakie und Jim Bridger reiten. Du kannst mich begleiten, wenn du willst, Bud. Du kannst aber auch, wenn dir das lieber ist, mit Colonel Carrington nach Laramie zurückkehren. In

zwei Jahren bist du alt genug, um in die Kavallerie einzutreten. Vielleicht wirst du ein guter Soldat oder Armeekundschafter, vielleicht sogar ein Offizier."

Er hob seinen Sattel auf und warf ihn über einen Sägebock, um Bud Zeit zum Nachdenken zu geben. Das war jedoch unnötig, denn für einen Jungen in Buds Alter, der in einem Siouxtipi geboren wurde und aufwuchs und der vom ersten Tage seines Lebens an die unendlich weite Prärie gesehen hatte, konnte es kein Zurück in die Enge eines Forts geben. Er sehnte sich nach dem Geruch des Büffelgrases im Monat, in dem die Ponys werfen, er sehnte sich nach dem Holzrauch der abendlichen Lagerfeuer, nach dem Heulen der Wölfe in den Mondnächten, nach dem kühlen Schatten der Bergwälder und den schneebedeckten Gipfeln der Berge. Er hatte Heimweh nach den Bisonhautzelten der Indianer, in denen er den größten Teil seines Lebens verbracht hatte, nach dem Geschmack gebratener Büffelzungen, nach dem ganzen freien, wilden, ungebundenen Leben der Prärieindianer. Dieses Leben war ihm vertraut, er liebte es und wollte es nicht aufgeben.

Er hatte seinen Entschluss schon gefasst, bevor er aufblickte und Portugee Philips in die Augen sah.

„Ich will nicht nach Laramie zurückkehren", entschied er. „Ich glaube, ich könnte nirgendwo anders leben als im

Büffelland. Und wenn die Soldaten dieses Gebiet verlassen, wird es keine Kämpfe mehr geben. Vielleicht werde ich eines Tages wieder im Tipi meines Großvaters am Feuer sitzen. An diesem Tag wird alles gut sein."

Der Pelzhändler schob seine Waschbärenmütze aus der Stirn und nickte zufrieden.

„Dann wollen wir noch heute Abend damit beginnen, die Traglasten für die Maultiere zusammenzuschnüren", sagte er.

# WO DIE DONNERWESEN WOHNEN

Die beiden nächsten Tage wurden mit den Vorbereitungen zum Aufbruch verbracht, und als die Sonne am Morgen des dritten Tages auf ging, zog eine schier endlose Kolonne von Planwagen durch das Tor von Fort Carrington und rollte, von Pferden und Maultieren gezogen, durch den tiefen Schnee nach Süden. Frauen und Kinder saßen, in Mäntel und Decken gehüllt, in den Wagen auf ihrem Hausrat. Die Soldaten von Fort Carrington und das Regiment aus Laramie sicherten den Treck nach allen Seiten. Ein Angriff der Sioux und Cheyenne war nicht zu befürchten, denn fast fünfhundert Kavalleristen und Armeescouts begleiteten den Wagenzug. Die Fahne der Vereinigten Staaten, der beiden Regimenter und die rot-weißen Kompaniestandarten flatterten im Wind über den langen Reiterkavalkaden. Säbelscheiden und Sattelzeug glitzerten in der Sonne.

Bud hatte Abschied von Ezra Miller genommen, der neben dem in eine warme Decke gewickelten kleinen Hund auf dem Kutschbock seines Werkzeugwagens saß.

„Sei nicht traurig, mein Junge", hatte der alte Mann gesagt. „Solange ich den Hund bei mir habe, habe ich immer einen Freund und bin nicht allein." Im nächsten Moment war der Wagen rasselnd durch den Torbogen gerollt.

Jetzt hielt Bud auf seinem Pferd außerhalb der Palisaden neben Portugee Philips, und die letzten Planwagen rollten an ihnen vorbei.

Der Pelzhändler hatte für sich und den Jungen mehrere Pferde und eine Kette von sechzehn Lastmaultieren mitgenommen, die mit ihrem ganzen Besitztum beladen waren. Bud blickte den Wagen nach, die am Ufer des Pulverflusses entlangzogen.

„Tut es dir leid, dass sie ohne dich nach Laramie zurückkehren?" fragte Portugee Philips und wandte sich im Sattel zur Seite. „Noch sind die Wagen nahe genug, Bud. Noch hast du die Möglichkeit, sie einzuholen, wenn du willst."

Bud warf den Planwagen einen letzten Blick nach, dann schüttelte er heftig den Kopf.

„Dann wollen wir losreiten. Vorwärts!"

Bud griff nach den Zügelleinen der acht Maultiere, die er führen sollte, und folgte Portugee Philips, der bereits am Fuß der Palisaden, wo der Schnee weniger tief war, nach Westen ritt. Seine Mulis trotteten in langer Reihe hinter ihm her.

Auf einem baumbestandenen, hohen Hügelgrat, eine Meile von Fort Carrington entfernt, hielten sie an und blickten zurück.

Die Palisaden und Bastionen, die sich dunkel aus dem Schnee erhoben, lagen verlassen da.

„Man hätte diesen Armeeposten niemals errichten dürfen", sagte der Pelzhändler. „Dieses Gebiet gehört den Sioux, und die Armee hätte wissen müssen, dass die Indianer ihr Land verteidigen würden, wenn man versuchte, es ihnen zu stehlen."

Er wollte noch etwas hinzufügen, doch plötzlich veränderte sich der Ausdruck in seinem verwitterten, bärtigen Gesicht. Er kniff die Augen gegen die strahlende Sonne zusammen und richtete sich in den Steigbügeln auf. Dann verzog er überrascht das Gesicht.

„Schau, dort kommen sie!" sagte er und holte das zusammengeschobene Messingfernrohr aus der Satteltasche.

Jetzt sah auch Bud jenseits des Forts Reiter aus den Wäldern auftauchen. Zuerst waren es nur wenige, dann aber wurden es immer mehr und mehr, bis schließlich viele Hunderte von Indianern über die Ebene auf den verlassenen Armeeposten zuritten.

Portugee Philips reichte Bud das Fernrohr, und der Junge setzte es ans Auge. Nun sah er die Sioux im Rund des Sichtfeldes. In vollem Kriegsschmuck bewegte sich die große Horde auf bemalten Pferden auf das offene Tor von Fort Carrington zu. Adlerfedern bewegten sich im Wind, Stahl blitzte in der Sonne, und bemalte Büffelhautschilde leuchteten.

„So haben sie uns doch überlistet", knurrte der Pelzhändler mit einem ärgerlichen Lachen. „Als wir mit dem Regiment aus Laramie heranrückten, behaupteten unsere Shoshonenkundschafter, es sei kein einziger Sioux mehr in der Nähe des Forts. Aber sie waren da, sie wollten nur nicht entdeckt werden. Und wenn ein Sioux nicht gesehen werden will, sieht man ihn auch nicht."

Bud antwortete nicht, sondern sah angestrengt durch das Fernrohr. Er beobachtete, wie die Reiter vor dem offenen Tor ihre Pferde zügelten. Unter ihnen erkannte er

Tolles Pferd, Rote Wolke, seinen Siouxgroßvater Weißer Büffel, Schwarzer Schild und andere Häuptlinge.

Plötzlich hob Tolles Pferd sein Gewehr hoch über den Kopf, und im nächsten Augenblick stürmte die ganze Kriegshorde durch das Tor, dass der Schnee unter den Hufen der Pferde hoch stob.

Minuten später sah Bud die ersten Rauchwolken aus den Quartieren und Pferdeställen des verlassenen Forts steigen. Rasch wurde der Rauch dichter und wälzte sich in schweren, dunklen Wolken über die verschneite Ebene. Dann schoss eine gewaltige Flammensäule aus dem Qualm empor, und Bud schien, als könnte er über die weite Entfernung hinweg das Prasseln des Brandes hören, der sich immer weiter ausbreitete.

Obwohl Eis und Schnee das Holz, aus dem Gebäude, Palisaden und Bastionen errichtet worden waren, mit ihrer Feuchtigkeit durchtränkt hatten, griff das Feuer rasch und gierig um sich. Innerhalb weniger Minuten war Fort Carrington zum größten Teil unter dem treibenden Rauch verborgen.

Die Sioux tauchten aus dem düsteren Torbogen auf und umritten im Galopp die brennenden Palisaden.

„Das ist das Ende", murmelte Portugee Philips. Bud nickte schweigend und gab ihm das Fernrohr zurück. Der

Pelzhändler schob es in die Satteltasche, ohne noch einmal einen Blick hindurchzuwerfen, und löste die Maultierzügel, die er um seinen Sattelknauf geschlungen hatte.

Während hell lodernde Flammen aus dem Fort schlugen, ritten die beiden die den Sioux abgewandte Hügel-flanke hinunter und setzten ihren Weg fort. Beide schwiegen lange Zeit, denn jeder hing seinen eigenen Gedanken nach.

Ein heller, trotzig klingender Schrei aus der Höhe des wolkenlosen Himmels brach schließlich das Schweigen. Bud lehnte sich weit im Sattel zurück und beschattete die Augen mit der Hand. Hoch über ihnen zog ein gefleckter Pferdeadler mit gespreizten Schwingen, auf denen das Sonnenlicht flammte, seine Kreise.

„Uambali galeschka, das heilige Symbol der Freiheit bei allen Siouxstämmen", sagte Portugee Philips, der ebenfalls sein Pferd gezügelt hatte. „Solange der gefleckte Adler über den Bergen schwebt, werden die Sioux ein freies, stolzes Volk bleiben."

„Hetschetuh ueloh!" flüsterte Bud so leise, dass nur er selbst es hören konnte. „So möge es sein!"

Bei Anbruch der Dämmerung schlugen sie ihr Lager zwischen sturmzerzausten Kiefern und Fichten am Ufer eines kleinen Bergsees auf. Jenseits der von übereinander getürmten Eisschollen bedeckten Wasserfläche stiegen bewaldete, felsige Hänge empor, von denen schäumend kleine Wasserfälle herabstürzten. Riesenhaft ragten dahinter schneeschimmernde Berge auf, deren Gipfel im Licht der untergehenden Sonne zu glühen schienen.

Bud holte vom Seeufer Wasser in einem Lederschlauch, während Portugee Philips Pferde und Maultiere absattelte und ein Feuer entfachte. Die Tiere begannen den verharschten Schnee mit den Hufen wegzuscharren und nach

Gras zu suchen, nachdem der Pelzhändler jedem von ihnen eine Handvoll Mais gegeben hatte.

Als Bud vom See zurückkehrte, brannte das Feuer bereits, und Portugee Philips war dabei, die eiserne Pfanne in die Glut zu stellen. Als es dunkel wurde, saßen die beiden auf ihren Sätteln im Schnee und aßen Maisbrot, rote Bohnen, die weiter unten im Süden Frijoles genannt wurden, und gebratenen Speck. Dazu gab es heißen Kaffee, der in der kalten Winternacht herrlich wärmte.

Schließlich wischte Portugee Philips seinen Blechteller mit dem letzten Stück Brot aus, schob es in den Mund und spülte es mit Kaffee hinunter.

„Wenn es nur halb so viel Biber und Raubwild im Shoshonengebiet gibt, wie Jim Bridger behauptet", murmelte er und streckte behaglich die Beine aus, um seine Füße am Feuer zu wärmen, „werden wir dort gute Geschäfte machen, Bud. Aber du kennst doch sicher das alte Siouxsprichwort: Der weiße Bruder kann nicht zählen; bei ihm bleiben zehn liegen, wo einer stolperte. Trotzdem glaube ich, dass wir im Frühling, wenn die Schneeschmelze vorbei ist, zwanzig Maultierlasten Biberpelze nach Fort Laramie bringen werden."

Aus der Ferne drang Wolfsgeheul zu ihnen. Die Pferde schnaubten und scharrten mit den Hufen, beruhigten sich aber schnell wieder, als Bud frisches Holz in die Flammen warf.

Portugee Philips sah zum Himmel auf. „Das gibt eine mondhelle Nacht", sagte er. „In solchen Nächten gehen die Wolfsrudel gern auf Raub aus. Wir werden abwechselnd Wache halten müssen, sonst haben wir morgen ein oder zwei Maultiere weniger."

Er spuckte ins Feuer, blickte dann auf und sah Bud nachdenklich an. „Du bist ein Mann geworden", fuhr er fort. „Ich habe es schon bemerkt, als ich nach Fort Carrington zurückkehrte. Du bist noch jung, aber trotzdem schon ein Mann. Ich glaube, ich sollte dich an Stelle deines Vaters zu meinem Partner machen. Bei meinen Biberjagden und dem Pelzhandel mit den Shoshonen werde ich einen guten Partner brauchen. Ein Drittel von allem, was uns der Handel einbringt, gehört dann dir. Na, was meinst du dazu?"

Bud sah ihn mit offenem Mund an. Das alles kam so überraschend für ihn, dass er erst nach Worten suchen musste. Alles hätte er erwartet, nur das nicht. Er wusste nicht, was er erwidern sollte.

Portugee Philips schnitt sich einen neuen Tabakpriem zurecht und warf Bud einen prüfenden Blick zu, wobei sich sein bärtiges Gesicht zu einem kleinen Lächeln verzog.

„Du solltest dich jetzt niederlegen", sagte er, steckte das Messer weg und schob den Kautabak in die Backentasche. „Wir werden noch so manchen Tag im Sattel verbringen müssen, um zu Jim Bridger und den Shoshonen zu gelangen. Es ist noch ein weiter Weg nach Westen, oder wie die Sioux sagen: dorthin, wo die Donnerwesen wohnen."

*ENDE*

# Verpassen Sie keine Neuerscheinung!

Tragen Sie sich in den Newsletter von *EK-2 Militär* ein, um über aktuelle Angebote und Neuerscheinungen informiert zu werden und an exklusiven Leser-Aktionen teilzunehmen.

**Link zum Newsletter:**
https://ek2-publishing.aweb.page

**Über unsere Homepage:**
www.ek2-publishing.com
Klick auf *Newsletter*

*Via Google*: EK-2 Verlag

Als besonderes Dankeschön erhalten Sie **<u>kostenlos</u>** das E-Book »Die Weltenkrieg Saga« von Tom Zola.

**Deutsche Panzertechnik trifft außerirdischen Zorn in diesem fesselnden Action-Spektakel!**

# Sichern Sie sich jetzt die nächsten Bände!

Entdecken Sie weitere spannende und historische Western-Abenteuer der Roman-Reihe „**Das Gesetz des Westens**"!

## Texas-Rebellen
*von Alfred Wallon*

„Der mutige Tom Cannon sieht sich gezwungen die Rancher aus seiner Heimat aus den Klauen eines tyrannischen Geschäftsmannes zu befreien."

Freuen Sie sich auf regelmäßige Neuerscheinungen von EK-2 Publishing, Ihrem Verlag für historische Literatur! Hier geht es direkt zur Reihe:

# Mehr von EK-2 Militär!

Was wäre, wenn die fähigsten deutschen Offiziere den Krieg nach ihren Vorstellungen geführt hätten? – Finden Sie es heraus mit der fesselnden Alternativweltserie „**Imperium Germanicum**"!

Begeben Sie sich auf eine einmalige Reise in jene Zeit, die die Schweiz, wie wir sie heute kennen, geformt hat. Tauchen Sie in die historische Mittelalterserie „**Die Nacht am Feuer**" ein!

# Ihre Zufriedenheit ist unser Ziel!

Liebe Leser, liebe Leserinnen,

hat Ihnen unser Buch gefallen? Haben Sie Anmerkungen für uns? Kritik? Bitte zögern Sie nicht, uns zu schreiben. Wir werden jede Nachricht persönlich lesen und beantworten.

Schreiben Sie uns: info@ek2-publishing.com

Wussten Sie schon, dass Sie uns dabei unterstützen können, deutsche Militärliteratur sichtbarer zu machen? Bitte nehmen Sie sich einen Moment Zeit und bewerten Sie dieses Buch auf Amazon. Viele positive Rezensionen führen dazu, dass das Buch mehr Menschen angezeigt wird.

Sie können somit mit wenigen Minuten Zeitaufwand unserem kleinen Familienunternehmen einen großen Gefallen tun. Vielen Dank für Ihre Unterstützung!

PS: In seltenen Fällen kommt ein Buch beschädigt beim Kunden an. Bitte zögern Sie in diesem Fall nicht, uns zu kontaktieren. Selbstverständlich ersetzen wir Ihnen das Buch kostenlos.

# Impressum

Eine Veröffentlichung der EK2-Publishing GmbH
Friedensstraße 12, 47228 Duisburg
Handelsregisternummer: HRB 30321
Geschäftsführerin: Monika Münstermann

E-Mail: info@ek2-publishing.com
Website: www.ek2-publishing.com



Autor: Alfred Wallon
Cover/Umschlag: Mario Heyer
Lektorat: Eduard Krisan
Buchsatz: Eduard Krisan

1. Auflage, Oktober 2024

**Druckhinweis:**
Libri Plureos GmbH
Friedensallee 273
22763 Hamburg